しずおか連詩

言葉の収穫祭

野村喜和夫 編

左右社

しずおか連詩　言葉の収穫祭

大岡信の霊に捧ぐ

協力
公益財団法人静岡県文化財団

巻頭言

本書は、二〇〇五年から二〇二二年までの「しずおか連詩」を集成したものである。「しずおか連詩」は一九九九年、大岡信によって創設された。その第一回から二〇〇三年の第五回までは、すでに大岡信編『連詩　闇にひそむ光』（岩波書店、二〇〇四）として書籍化されている。本書はその続編ということになるが、分量的には四倍近くに膨れ上がった。それだけ歴史を刻んできたということになるが、「闇にひそむ光」が闇を打ち破るように溢れ出し、詩歌の世界に独自の豊饒な「言葉の収穫祭」をもたらしたと思いたい。

「しずおか連詩」の具体的なコンセプトならびに方法については、巻末の「編者から──しずおか連詩の過去・現在・未来」に記した。参照していただければ幸いである。捌き手は二〇〇八年まで大岡さんが務められ、二〇〇九年からは、大岡さんの後を継いで私が務め、現在に至っている。

「しずおか連詩」を一冊にまとめることの意義は、現在さまざまに行われている連詩的な試みにそのいわば本家本元のスタンダードを提示することにあるといえよう。しかし、それだけではない。後世に伝えるべきアーカイブとしても「しずおか連詩」は貴重であり、書籍化はそのための文化事業でもあると確信している。

なお、連詩のテクストは全て初出の静岡県文化財団広報誌『G.』（現在の『グランシップ』）を底本にした。テクストの後に付された「解説」（発表会での各参加者の発言の抜粋）も、『G.』誌上の「解説」の再録である。各参加者には校正刷のチェックをお願いして万全を期した。

以下の方々に謝辞を申し述べたい。何よりもまず、私たちの連詩創作をいつも温かい目で見守り励ましてくださっている大岡信夫人大岡かね子さんに。主催の静岡県、静岡県文化財団ならびに共催の静岡新聞社・静岡放送に、またそのスタッフや記者の方々に。連詩における大岡さんの最高の協力者であり、今回も帯文をお寄せくださった谷川俊太郎さんに。発表会での司会進行役を二〇〇六年から引き受けてくださっている元NHKアナウンサー桜井洋子さんに。そして最後に、心よく出版を引き受けてくださった左右社社主小柳学さんと、編集の労をとってくださった左右社編集部東辻浩太郎さんに。

二〇二三年九月吉日
野村喜和夫

しずおか連詩　言葉の収穫祭―目次

＊＝捌き手

泡雪の富士　の巻

井上輝夫
岡井隆
谷川俊太郎
平田俊子
大岡信（捌き手）

創作
２００５年11月24日（木）起
同月26日（土）満尾
於ホテルセンチュリー静岡（現ホテルグランヒルズ静岡）

発表
２００５年11月27日（日）
於グランシップ11階会議ホール・風

1

泡雪の富士を背に
言葉の大洋に漕ぎ出す五艘の空舟《うつおぶね》
心のうちに大漁旗をはためかせ
男波女波に揺られ揺られて
お　竿にもう強い引きがある

俊太郎

2

小さな窓には小さな景色
大きな窓には大きな景色
どちらの窓も光に満ちて

俊子

3

変化《へんげ》の者　容れて流す舟の窓の内には
カマンベール・チーズや新鮮な林檎が横たはり
いますんだ朝食の　はかなきなごり
波にゆれ女に揺れて西へ行く、ああ
老い人のゆらぐ臼歯

隆

4

倚松庵随筆のページ進まず目もうつろ
文机の片隅でウインクする航空券
耳に聞こえるロバの蹄　かつかつ

輝夫

5

あれが渤海湾にのぞむ大連の港
造船業では周辺トップ
車両もわくわくさせる輝き
でも夕陽を浴びて並木道を歩む
金に燃える羊の群れのふさふさの髪

信

6

皇帝の噴墓の壁のカビだらけの天女たち
まあ　うちの孫娘そっくりのが一人いる
と老妻が言う

俊太郎

7

女だって腹が減る
死ぬとますます腹が減る
生きてるあいだは人の世話ばかりで
一度もゆっくり食事できなかった
わたし　もう作りませんからね

俊子

8

食堂車は今しも黄泉平坂《よもつひらさか》にさしかかつた
静かに絡み合ふフオークとパスタ
黄泉戸喫《よもつへぐひ》のはじまり　はじまり

隆

9

「よってらっしゃい　よってらっしゃい
本物の火の鳥だよ　木戸銭　安いもんだよ」
童たちは蘆簀に首差し入れて「わーいわい」
はたはたと炎の翼は産声をあげ
童たちは下駄けりあげて「あした天気になあれ」

輝夫

10

けりあげた下駄は三日月まで行く
桃太郎と金太郎　どっちが好男子？
好きな近所のおばさんを質問攻めで困らせる

信

11

月のとなりに「火星が出てゐる」
火星を見るたびに智恵子を思い出す
月のとなりに
満身創痍の
高村光太郎が今夜も出ている

俊子

12

十和田湖畔に春がきて
浮き雲のひとつふたつ　飛びたつ水鳥
寂しい人もお花見にまたくる頃だよ

輝夫

13

幸福つて　意外に　寂しい　つて
言ふじやありませんか
姫は殿を得て
紅葉のなかの坂を　ゆつくりと
上つて行かれましたが

隆

14

親御さんがなくなられて
お嬢さまの肩が　このごろ急に
いかつくなつておいでだと女中たちのうわさ

信

15

昭和初期に出た文学全集一揃い
ネットオークションで安く落として
アルミとガラスのシェルフに飾り
携帯で撮ってＨＰにアップする
それだけで何故か心がやすまるんだと

俊太郎

16

朝届いた手紙《メール》は朝のうちに読まなくてはね
昼になると萎《しお》れるからね
夜になると散るからね

俊子

17

桜蝦をたべようと
とうとうたらりの駿河の海ぞい
ドライブがてらの初めてのデート
引きよせる少女の肩の
かたさ知る茶髪少年の驚き

輝夫

18

銭湯の煙突の上に昼の月が出てゐた
この次に逢つたら
ならぬ堪忍するがの卵をぶつけてやりたい

隆

19

仲良しの女の子が
おでこにこぶを作つている
給食の先生の恋人の悪口をいつたら
ゆで玉子をぶっつけられたという
直球で　ミケンは少しはずしていた

信

20

ぽつんと一基だけ立っている風力発電の
動くともなく動いている三枚の羽根
そよ風のハミングが聞こえるかい？

俊太郎

21

冬の日のバルコンでセキレイが二羽
パン屑をついばんでゐる
風の中の羽根のやうにゆれ動くこころを
とがめられたのは、あれは
いつの日の水辺だつたつけ、なあ

隆

22

岩魚のおよぐ深山幽谷
地蔵さまが笑っている峠道
日暮れに泣いた　赤子も子守りも

輝夫

23

日本の風景を投げ捨てて
明治の画家たちはめざした
セザンヌの山を　ゴッホの麦畑を
どこの国でも日暮れは寂しく
カラスは黒い声で鳴く

俊子

24

木靴をはいて妻は一人旅から帰ってきた
なんだか吹っ切れたような顔つきで
子どもたちにも小さな木靴を土産に

俊太郎

25

贈りものをするには
ちょっと貧弱なものがいい
相手がくすりと笑つてくれれば上出来
死海の塩のひとかけらなんか
ほら話の種子をふんだんに浮かべている

信

26

塩《サラリー》をもらはない生活も長くなつた
昼寝から覚めて曙かと錯覚する薄くらがりを
幸ひ　宵の明星がきらめいて教へて呉れた

隆

27

下駄をつっかけ　たどる桜上水
雀たちのおしゃべりもにぎやかで
武蔵野の秋はかんばしい
地球はしっかり夜空を支える
不運を鳴くなよ　捨て猫さん

輝夫

28

私の棲む空き地にも湖があり枯葉のような魚が泳いでいます
遊びにいらして下さい
二十億光年ほど遠くありませんので

俊子

29

半世紀ぶりのプラネタリウム
見終って外に出たらまだ真昼間の街
小さな公園のベンチに腰かけて
未練がましくまた求人欄をひろげる
ここだって宇宙の一隅なんだが

俊太郎

30

私の介護しているおじいさんが
飼っていたラブラドールの大犬
求飼主の立札に応募してきた　若い娘が

信

31

「シンパイシナイデクダサイ
ジブンサガシノタビヲツヅケテイマス
ジョンモゲンキデス　マリコ」
でもくたびれてきたバックパック
安食堂のメニューをまえにお金かぞえる

輝夫

32

灯台の下の芝生に寝転んで読み始めた短編
なんと灯台が主題だった
なんだか作者に会ってみたくなった

俊太郎

33

ひとつの物語が終わり　また新しい物語が始まる
ひとつの旅が終わり　また新しい旅が始まる
過ぎてきた町　別れた人の名
おはよう
みんな大好きだよ

俊子

34

ほらあそこに見える尖つた塔
あの下にはお喋りのオウムがいて
ともだちみたいに　きみに話しかけるぜ

信

35

雨の中ミサの鐘が鳴り始めた
「好きだ」といつても鸚鵡《あうむ》返しに「好きだよ」
とはかへつて来ない
そこがかへつて刺激的
女とオレ　鐘の音に濡れてただよふ

隆

36

おまえの手をひっつかんで
雪の舞う花道を逃げて行くなんてさ
そんなことはやっぱり芝居なのさ

輝夫

37

火と木と土と水そして金《ごん》
天地の間をめぐり続ける五つの元気が
どの五行にもひそんでいるはず
揺らめく言葉のオーラに
頬赤らめているやからもいる

俊太郎

38

ギクシャク　ギクシャク
貨物列車のにぎやかな歌声《テノール》
月齢二十五・一の赤い月まで届け

俊子

39

待ちに待つた船便が着いた
父ちゃんが送つてくれたスキー靴だ
ピカピカの留め金もついている
大滑降を練習して
ムササビたちにいつせいに拍手させよう

信

40

気がついたらふるさとの村言葉を使つてゐた
また　あのムササビの啼く山へ帰つたら
折々に鏡を見てや　冬籠《ふゆごもり》

隆

解説

第1番〜第5番

俊太郎：快晴の富士山の眺めから、まずは土地への挨拶、一緒に創作する者への挨拶を込め、明るい発句を。「五艘」は五人の詩人、「大漁旗」は素晴らしい作品のことで、「強い引き」は上手い言葉が見つかったと言う弾みですね。

俊子：初めての連詩で頭が真っ白になってしまい、隣の黙考部屋に逃げ出したんですが、そこはそれまでの「大きな窓」の景色とは違って、「小さな景色」があり、その変化に心が動いたので。軽やかに次へ渡しました。

隆：同じホテルで食事も一緒。で、こんな詩になりました。年長者ですから、「老い人」の特権を交えて（笑）。今思うともっと軽く次へつなぐべきだったと思います。初心の作ですね。

輝夫：「波にゆれ女に揺れて」とは、岡井さんはたいした老人だと（笑）。でも、名指すわけにもいかないので、「倚松庵随筆」と谷崎潤一郎を出しました。この後、どこかへ行ったほうがいいと思い「航空券」でどうぞ旅に出てくださいと。

信：井上君は、国際人ですが、僕としてはそう遠くへは行かせたくなくて、大連に。目の前の辞書で調べたら、造船業が盛んとあった。そういう工業製品と非工業的な風景を出してみたんです。私は行ったことがないけれど（笑）。

第16番〜第20番

俊子：13、14と続いた恋の世界にわくわくしていたら、15で谷川さんが見事にブチッと（笑）。前には戻れないのが連詩のルール。それでも恋に心が残っているので「メール」の話に。パソコン世界になっても、手紙が来るとうれしい、来ないと悲しい。心の動きは同じだと。

輝夫：せっかく静岡に来たので「桜蝦」を使おうと思っていたところ、15から現代風景になったので、そら、来たと（笑）、現代風の恋にしました。

隆：「少女の肩のかたさ」って、14が匂っているけれど、そのときは気づかなかったな。「駿府」「駿河」という言葉は、音もいいけれど、さすがにそのままでは……と「ならぬ堪忍するが……」に。

信：前の「卵」をぶつけられた子を登場させています。幼稚園か、小学校低学年でしょうか。18を受けながら、別の方向に伸ばしました。
俊太郎：いろんな人と連詩を巻いていますが、今回のように恋がらみが多いのは初めて。たぶん岡井さんのせいだけど（笑）。平田さんに怒られるけれど、また叩き切って。でも、メカニカルなだけでなく、女の子の気配を出した苦心の作です（笑）。

第36番～第40番

輝夫：35は妖艶な世界ですね。終局に向かっているところでもあるので道行きに。だけど、「芝居なのさ」として、軽く次へボールを渡したかったんです。
俊太郎：この辺で視野を広げ、俯瞰的に。火や水などの「五行」という古代的な世界観と、我々が書いている三行と「五行」の詩。そして五人の詩人。言霊と言われるように、「気」は詩の根本にあると。やや自画自賛ですが。
俊子：前の「五行」を曜日に置き換えたら、日と月がなく、ここで「月」を。上ったばかりの月は、赤いんですね。ホテルの傍を通る貨物列車をわくわくしながら、夜中の2時頃まで見てました。
信：もうすぐこの連詩も終わるのに、この展開をどうしようと（笑）。全体を童話的に持っていけば、何とかなるだろうと「ムササビ」に。そしてさすが岡井さん、この40番のためにこの人を呼んだのだと得心いたしました（笑）。
隆：この五人は、詩的にも文学的にも経歴が違っていて、結局、故郷や子どもの頃に習った言葉をそれぞれ使って作っていたことが面白いなと思いました。最後の句は、芭蕉の句の「伊吹」を「鏡」にかえた本歌取りで、この会でわかったことがあるとしたら、それは自分の姿ではないかというわけです。

馬の銅像　の巻

岡井隆
木坂涼
野村喜和夫
アーサー・ビナード
大岡信（捌き手）

創作
2006年11月23日（木）起
同月25日（土）満尾
於ホテルセンチュリー静岡（現ホテルグランヒルズ静岡）

発表
2006年11月26日（日）
於グランシップ11階会議ホール・風

1

「今のうちならまだ何にでもなれる」と
布をすっぽりかぶせられた馬の銅像はほくそ笑む
ふさふさの尻尾を竹箒に変え、ごつい頭部を
ボストンバッグに化けさせ、蹄は受話器に……
さあ、除幕の瞬間

アーサー

2

霧の北京から持ち帰ったのは
天安門広場で凧をあげる夢
いましもとんびが窓すれすれにその凧のように

喜和夫

3

胡同の夜店で人形を買ったことがあった
以来　魔女と仙女のちがひに悩んだ
仙女と棲んでるんだか
魔女とブロッケン山を登ってるんだか
いいさ　どっちだって幸せなら、さ

隆

4

黒猫が夜道をよぎる
ふと　振りかえると白肌の
干し大根　月明かりを集めて

涼

5

ダイコンのことをデーコと言っていた
なつかしい旧いともだちよ
今は亡命詩人として
パリの陋屋《ろうおく》ぐらし
ねずみは出るか　君の台所にも

信

6

引っ越しのたびに母は　曾祖母の
形見の皿をタオルにくるんで膝にのせていた
新しい家までずっと　嬰児《みどりご》を抱く面持ち

アーサー

7

血まみれになって生まれてくる私たち
だからといって血まみれになって死んでもいい
というものでもないでしょう
この世の果ての海のおもてで
昼寝する蝶もいますからきっときっと

喜和夫

8

教授はしづかに笑った
この世とあの世のあひだの海境《うなさか》といふ坂を
小舟に乗り小さ子《ちひご》の神が渡って来たりしてね

隆

9

階段式の講堂に本日の演題の垂れ幕
演壇には水差し、百合の花
皆の注目のなか講師の登場
この緊張の最中《さなか》に　ああ
センセイの背中がかゆい！

涼

10

「かゆいところに手が届くように」
というたとえがぴったりの編集者
うちの娘のお仲人さん

信

11

エディターの甘言に乗せられ
『豆腐料理ＡＢＣ』といふ本を書く
廊下を歩く足音が気になるので
ランプをそつと吹き消して
霊感の訪れるのを待つ一日

隆

12

やけどするよ
ときみはいうが
知ってるよあらゆる皮膚は炎である

喜和夫

13

先祖代々の墓　真新しい墓
久しく誰もこない墓　花と
酒の絶えたことのない墓
石は今夜の雨にみな
ひとしく肌を冷やされている

アーサー

14

ぽかぽかと塊りをなす
春の暖気に湯気をたてて
目をひらく今年の蛙　竹やぶの中

信

15

モーツァルトの指が紡ぎだした練習曲を
生まれて三年目の男の子の手が弾く
おそるおそる　でもぴょんと
飛び出るように　春の部屋から
夏の方へ

涼

16

風車が勤勉に回ってゐる海辺
岬は淡い雲のなかへ飛び出してゐる
「ドン・ジョヴァンニ」って漁色家の話だったな

隆

17

およそ役立たずの
私やきみがこの世にいる以上
はじめに愛ありき
理性や道徳が生まれたのはそのあとのことだ
ああ胎内でみたぬめぬめした月がなつかしい

喜和夫

18

いつ誰からもらったのだったか
しぼんだ柚子《ゆず》ふたつ　今夜は
仲むつまじく　湯船の隅にぽこぽこ

アーサー

19

スペインの港ポルト・リガト
そこに似た伊豆の浜辺で牡蠣の殻を拾った
足指はその牡蠣殻に切り裂かれた
九十年前　ダリという青年が
ガラという名の美女と逢引きしていたポルト・リガトの牡蠣殻

信

20

画家の髭はさびしい
頬骨をくるりと囲む形に固められて！
髭の憧れは津軽海峡にたゆたうワカメ

涼

21

空のキャンバスを裂くように
飛行機雲いやあれは
音もなくすすむ
注射針
が私の網膜に入ってゆく恐怖

喜和夫

22

いや、怖れるまでもない
男から女へと流れる川は必ず
おだやかな沼を求めて迷ふもの

隆

23

自分が生まれ育った家を
三十年ぶりに訪ねようとして道に迷った
なにもかも記憶より小さくなってしまって
やっとつかんだ手掛かりは裏庭の松の木　そいつは
こっちの記憶に合わせて成長してくれていた

アーサー

24

宇宙飛行士が宇宙へ飛び出て戻る
感覚は新しく目覚め記憶される
紙一枚に　重みのあること

涼

25

一滴の水があと一瞬で
滴り落ちる寸前を
こらえこらえている映像——
あれは私のことだった　そのカメラマンの
別れた妻が嬉しげに言つた

信

26

アイオワのその朝はざらめのような雪がふっていた
もっと寒い国に帰るという若い女性詩人に
私ははじめて抱擁《ハグ》という当地の習慣を試みた

喜和夫

27

あかあかとどの部屋にも灯がともり
いつのまにか霜月の夜が来てゐた
オリーヴオイルにしつとりと抱かれた野菜のやうに
わたしたちは疲れきって
農園の向かうの闇を見つめた

隆

28

宝を掘り当てるんだと　スコップを握って
鶴嘴《つるはし》を振り下ろすが　何も出てこない
穴の湿った土の匂いが　せめてものぼくの宝物

アーサー

29

髪は肩のうえで外巻きにして
とびきりサイケなハイヒールはいて
白いスカーフ　赤いフェラーリ
おむすび片手にカッ飛ばすの
これはあたしの宝の時間

涼

30

愛読書？　漫画しかないのよ
あたしの好みは国際派　ジャパンは虫が好かない
オサムシなんて虫に噛まれたまんまじゃないの

信

31

生家の納屋にのこれるぼろぼろの捕虫網あり
塵埃《じんあい》のなかより出づる筬虫《おさむし》の輝きてまた
ひたすらにもぐりて逃ぐる　そを追いつめぬ
読むほどに細部いよいよ浮かびくる文《ふみ》のごとしも
あの少年がこの老翁に？　まさかそは手の込んだ嘘

隆

32

ある朝ぼくは
ザムザという男に変身して
仲間たちの複眼という複眼をつぶして歩いた

喜和夫

33

ぺしゃんこにつぶされた空き缶が
わが家の前の道路の真ん中に
通る車はみんなカチャカチャッといわせて
夜中　とうとうその耳障りに耐えかねて拾いに出た
「くつろぎのひととき午後の紅茶」だった

アーサー

34

午後の公園の水飲み場で　小鳥が行水をしている
偶然そこに居合わせた私は　そのひとときに
思わず　会釈したくなる

涼

35

聖地ベナレスで沐浴している象
汚れた川も陽に当たって赫耀《かくやく》と輝やく
信心深い蛇も怖がりの猿も
この水を浴びにくる
絹織物も金銀細工も生物の養ないの糧

信

36

退屈なあまり死にさう、つていふ人に
いつそ花の香を嗅がせてみようか
瞑想のときこそ去《い》ぬれ蘭の花、つてね

隆

37

夕刊をひらくと
「雨音はまず落葉より起こりけり」
という俳句がみえその隣に
一葉が売文をきらい雑貨屋をひらいた話
かくて飽くことがない言葉の連なりのゆかしさよ

喜和夫

38

深夜の長距離バスで　隣席の
老人が手帳をひらいたら舞い落ちた
銀杏《イチョウ》の黄色い葉　膝掛けの青に

アーサー

39

リスは頬袋をぱんぱんに膨らませ
木々の間を縫って走る
空では風が大きな雲を横へ
うすくうすく伸ばしていく
秋の陽は　刻一刻と熟して

涼

40

馴鹿《トナカイ》の枝ある大きな角は
冬へ向かって林をひろげる
群れになれば　疾走する森だ

信

解説

第1番〜第5番

アーサー：詩を書き出す前、彫刻家なら彫り出す前には無限の可能性がある。銅像も除幕の瞬間に限定されて、なんだ創立者か、知事の顔かということになるけど（笑）。僕は「ほくそ笑む」の語源となった「人間万事塞翁が馬」の故事から、逆に馬がほくそ笑む場面を死ぬまでに書きたいと思っていたんです。

喜和夫：前の「ボストンバッグ」から旅を連想。実は北京からそのまま静岡に来たんです。ホテルの最上階から「とんび」が見えて、そうした偶然のなかに自分を投げ込むのが連詩の楽しさだと思っています。

隆：僕の席からは廊下しか見えなかった（笑）。僕も昔、中国に行ったことを思い出して。「魔女」と「仙女」の話は私生活とは関係ありません。最後の一行は本音です（笑）。

涼：「魔女」とくれば「黒猫」。国際的な世界から、ぐっと身近に。当日の静岡新聞にカラーで載っていた「干し大根」に引き寄せました。

信：大根のことを「デーコ」と言った？と聞くと、みんな言わないという。地元の言葉なんでしょう。三行目以降はフィクションです。探してもそんな詩人はいませんよ。

第18番〜第22番

アーサー：「ぬめぬめ」としたままでは……と思い、それをお風呂に入れて洗った方がいいと。連詩の方もすえた匂いがしてきましたし（笑）。

信：このままでは狭いところに落ち込んでしまいそうだったので、居る場所を変えようと。ホテルから「伊豆」半島が見えて、なぜか「スペインの港」を思い出した。サルバドール・「ダリ」と「ガラ」という有名な夫婦をもとに創りました。

涼：「ダリ」といえば上向きにクリンと固められたかのような「髭」。前の詩には明るい陽射しを感じたので、そこを日本の海に場を移しました。

喜和夫：「ダリ」とルイス・ブニュエルが共同製作した『アンダルシアの犬』という映画に剃刀で眼球を裂くシーンから、こんな詩に。僕のところにくると「血まみれ」とか「やけど」とか、そんなものばかりで申し訳ありません（笑）。ちょうど「飛行機雲」が見えて、困ったときの窓の外、です。
隆：やっぱり座席にハンディがあるようで……（笑）。前に「恐怖」とあり、いくら野村さんと今回の暗黒面を引き受けるといってもこのままではまずいと、気持ちを鎮めました。

第36番〜第40番

隆：ここは前の大岡さんのインドの話からの匂い付け。「信心」に「瞑想」と受けて、「死」を出してみました。
喜和夫：前の「退屈」から、言葉は「飽くことがない」と。言葉というのは、我々の力を越えていろんな方向に走り出すんですね。最後の「言葉の連なりのゆかしさ」は、連詩へのオマージュのつもりで書きました。
アーサー：毎月、夜行バスで青森に行くので、その際の実話です。前の「落葉」を「押し葉」に。このあたりにくると、連詩ももう後がなくなってきていて、あまり軽く受け流すと危ないかなという感じですね。
涼：場が秋へと動いてきて、色彩が出てきたので、それを風景として広げることならできそうだと。そして、大岡先生に渡しました。
信：だんだん「冬へ向かって」きて、これでおしまいにできると。連詩には勢いが大切で、それは「疾走する森」のようなもの。冬の動物ということで「トナカイ」を出したことで、偶然にも「馬」で始まり「トナカイ」で終わることになりました。

ガラスの船　の巻

新井豊美
河津聖恵
田口犬男
野村喜和夫
大岡信（捌き手）

創作
2007年11月22日（木）起
同月24日（土）満尾
於ホテルセンチュリー静岡（現ホテルグランヒルズ静岡）

発表
2007年11月25日（日）
於グランシップ11階会議ホール・風

1

われらは漕ぎ出す
二十五階から晴朗なガラスの船で
万能細胞の開発が
あらたな聖杯伝説としてささやかれた翌日
地上を掃き清める箒の音がひびいて

豊美

2

地と空の隙間をひらくように
いま　富士の斜面にはたてがみに似た雲がかかり
そこにいたることさえ私たちにはむずかしい

喜和夫

3

しかし山々は優しい　山の名を知らなくとも
まだ緑なす木々の梢にしたたる露の映す空の美しさを
夢にさえ見られなくとも
地と空の隙間から　景色から分泌される
あかるい母の血のようなものがある

聖恵

4

風船が空へと旅立って行くのは
父も母もいないことを知っているから
晴れた日の朝も　雨の日の夜も

犬男

5

下に見えるのは三保の松原
浦島太郎が釣りをしていたあたり
観光客が捨てていった小猫一匹
チーズのかけらをかかえて
ざらざらの舌でぺろぺろ

信

6

滾々と湧き出す湯につかって
自然のままの人間の原始を想像する
犬の群れとともに裸足で地面を踏みしめて走っていた

豊美

7

ぼくの生の砂時計は
主《あるじ》のそれの四倍速で零れてゆく
悲しいかいと訊かれても
うまく答えることができない
日没へ　耳のシルエットを濃くしてゆくだけだ

喜和夫

8

あらわれた星々を真珠のように眺める人
ご飯粒のように手をのばすひと
この地上に　今　長く短く砂時計《にんげん》たちの影が伸びる

聖恵

9

燃えてばかりいるのも楽じゃないぜと
太陽が愚痴をこぼせば
回ってばかりいるので目が眩むよと
惑星がため息をつく
天文学者は明かさないのだが

犬男

10

夜の海でぶつぶつ呟く魚たち
その声は愚痴のように聞こえるが
じつは大っぴらな愛のささやき

信

11

おいでよヴィーナス　臍にピアスしたきみを
ひらがなにしてあげよう　そうして
乱れ髪や花のいのちを抜け　あかねさす
紫野まで連れて行ってあげよう
おいでよ　おいでよヴィーナス

喜和夫

12

いのちの最も柔らかなところに触れようとして
触れることのできないもどかしさ
語りつづけてなお届かない数々の幻の中で

豊美

13

木の命を語ろう
一万年前生きてきた木の精は
ぐるぐるそれを取り巻く人間たちに
まどわしの術をかけ
霊山のまぼろしを見させる

信

14

虹は発明されたのです
雨上がりの透明な研究所で
誰も知らないひどく孤独な技術によって

犬男

15

幻の橋　愛　シャボン玉
現れて消えるまで　見ていたかったもので
世界は出来ている！
でも指させない　見ないふりする　歩き出す
石の橋を渡っている

聖恵

16

けさ　振付家ベジャールが死んだ
まなざしからまなざしへと　あやうくて逃れやすい
ひとの肢体の輝きを渡していったのちに

喜和夫

17

人は生涯　他者のために
何かを運びつづけて終わるだろう
「最後の協力」と呼ばれた小俣彦太郎さん
そのたくましい腕が運びつづけたたくさんの愛
澄みわたった冬空のもとへ

豊美

18

尾瀬の清流
ころがし続けた小石が　とうとう
巨きな岩の上に鎮座している

信

19

壊れてしまったヴィヴァルディのレコードが
春を謳歌している
春を謳歌している
春を謳歌している
季節は夏になりかけている

犬男

20

二〇〇七年夏
月面のごときつよい光に打たれ
最高気温だけを残して地球《ほし》は巡った

聖恵

21

探査機のカメラ・アイが写し出すまで
月の裏側は謎だった
鏡の前で表側をととのえる
その奥まで写し出される心配はない
などとはこの先　言ってはいられないのだ

豊美

22

私は鏡が苦手だ　ホテルは鏡が多い
三段論法でいくと　ゆえにホテルに私はいない
なのに　もう三日もこもっている

喜和夫

23

鏡が役に立たない世界に行こう
裏を貼ってない素通しのガラス板に
自分の似顔は自分で描く
人の顔が映ってもみんな同じに見える
人類平等の理想に近づく

信

24

ガラス越しに見下ろすビル群を夕日がなぜている
もう一人の私がこの街のどこかにいたら
どんな話をしよう　たくさん話をしよう

聖恵

25

愛という言葉を
口にすることが出来なかった償いに
男は子供を愛と名づけた
愛はいま首が据わっていない
愛はまだ泣いてばかりいる

犬男

26

笑った顔　すねた顔
かわいい我が子の百面相
卵料理の得意な娘になるでしょう

豊美

27

たまには悪夢を報告しよう　私は口から
乳白色の丸い石を吐いていた　光にかざすと
文字列が渦巻いて　息を呑むほどに美しい
あわてて読み取ろうとするうちに　目が覚めた
あれはたぶん　私の決して書きえない傑作

喜和夫

28

文字の列が高々と昇天してゆく
光と影を交互に演じながら
妙なる音を秘めた楽譜になる

信

29

夜明け　空は海から別れはじめた
水平線は光の五線譜をつぎつぎ放ち
光る海はこまかにうちふるえる
壁の絵の魚が聴いているのはアヴェ・マリア？
群れ飛ぶ海鳥たちが空をつなぐまで　人は眠る

聖恵

30

黒い聖母像をみたことがあります
黒曜石のように輝くその肌は
たったいま地中から切り出されたというふうでした

喜和夫

31

ホテルの中にも森羅万象があると気づく
クリスマスツリーの飾りに人影の木々は揺れ
詩人が幼い頃から食べていた黒はんぺんは
鰯のイノチがぎゅっと詰まっておいしい
エレベーターから見える富士は　みんなに「おはよう」

聖恵

32

われ笑う
故にわれあり
陽気なコギトとたったいま擦れ違った

犬男

33

むかしコマバという田舎で
故にわれありというフランス語をならった
腹ぺこの朝夕だったが
デカルト先生をやってると胃袋はやせ細って
故にわれなしの夜更けだった

信

34

清潔すぎる厨房からは海が見えない
だが潮騒は鳴り止まない
ドビュッシーに嫉妬しているのだ

犬男

35

駅のスタンドで食べた
桜エビの天そばはまことに美味だった
深い駿河トラフの底から無尽蔵に
生み出されて来る生きた宝石
神の指先の華麗なる魔術

豊美

36

トラフを虎斑と打ち間違えて頬杖をつく　外を見る
電波塔は紅白の　ビルも窓のしましま
桜エビほどに詩が湧けばいいのに

聖恵

37

屏風の虎を捕らえてしまったので
屏風はからっぽになった
坊主が屏風に上手に坊主の絵を描いて
それは坊主の屏風になった
彼はまだそこに留まっている

犬男

38

坊さんは屏風を抜け出て天竺に逐電した
子供を作り　高僧と仰がれた
彼の子孫は今も栄えている

信

39

私は考えている
一瞬の眩暈のような悟りについて
そこでやすらうことも
それをいつくしむこともできない高所について
外では陽ざしが深々とあたたかい

喜和夫

40

高空をゆく雲の眼　地を這う虫の眼
この明るい陽光のもとで詩人の仕事は千の眼を持つこと
ときにその眼玉を外して　さらに磨きをかけること

豊美

解説

第1番

豊美：予想もしなかったトップバッターを仰せつかって前夜は眠れず、何かヒントをとテレビをつけたら、「ヒトの皮膚から万能細胞」のニュース。早速いただきました。この新発見をキリストの最後の晩餐のグラス探しにとって代わる「聖杯伝説」とし、五人が集ったホテル最上階のガラス張りの部屋を「ガラスの船」に見立てました。連詩の始まりにふさわしく「箒」で道を清め、清々しく始めようという気持ちを込めています。

第7番

喜和夫：前の詩の「犬」から、ここでは犬に語らせています。つまり「ぼく」は犬。こういう変わった受け方もありかなと。人間の四倍の速さで年を取ってゆくことを書いています。

第11番〜第15番

喜和夫：連詩の愉しみの一つは、主体を自在に変えられること。先ほどは「犬」、ここは「愛」を受けて、ヴィーナスを口説くとんでもない男が登場しています（笑）。ただし、僕に都合よくひらがなの「やまとなでしこ」にして、一緒に日本文学史を遡ろうと。「乱れ髪」は与謝野晶子、「花のいのち」は小野小町、「あかねさす」は額田王。みんな女流歌人です。

豊美：ならば、野村さんの愛に応えなければと（笑）。ただ、最初書いたものは大岡さんに「わからないね」と却下され、結局、自分への愛ではなく、抽象的なものに変えました（笑）。

信：いやあ、そうでした？（笑）ここでは「いのち」を受けて、もっとも長生きなものは何かと考えて、木ではなかろうかと。実際は知りませんけれどもね。

犬男：前の「まぼろし」から「虹」に。虹は自然現象だと思ってるけど、実は発明かもしれないと。「透明な研究所」だから誰も見ることができないし、たぶん研究員も透明人間なんでしょう。自分は現実に興味がないのかも。空想で遊ぶのが好きなんです。

聖恵：私は田口さんと対極。体験の印象を記憶して、あたためて言葉にするタイプ。だから、他の人の言葉や場の雰囲気を受けて書いていく今回の連詩は辛かった。「幻の橋」とは虹、「石の橋」は現実の橋ですね。

第36番〜第40番

聖恵：虎のシマシマを意味する「虎斑」から、詩人が虎になる中島敦さんの小説『山月記』に転じて書いたら、大岡さんにダメ出しされ、途方に暮れて部屋の外を見ると縞々がいっぱい。新聞の写真で見た大漁の「桜エビ」に加えて、詩が書けない苦しい状態も利用しました。

犬男：一休さんのエピソードをそのまま使いました。早口言葉もそのまま取り入れて、まあ、これは完全に冗談ですね。

信：その坊主は「天竺」、今のインドに行ってしまった。「てんじく」と「ちくでん」は逆さ言葉になっています。

喜和夫：言葉遊びが仕掛けられているとは！　連詩の最後が近いことも意識して「高僧」から「悟り」へ、これは詩のことだと考えても。高い所と低い所を行ったり来たりする「眩暈」のような感覚について書いています。

豊美：坊主、高僧、悟り……それを詩人につなぐのはおこがましいけれど、心構えとして受け止めようと。「千の眼」を持つことは必要だけど、ときには曇った眼玉を外して磨くことも必要かなと。このような詩で終わっていいかと大岡さんに聞いたら、無事ＯＫが出てホッとしました。

しなやかな声　の巻

杉本真維子
野村喜和夫
八木忠栄
山田隆昭
大岡信（捌き手）

創作
２００８年11月20日（木）起
同月22日（土）満尾
於ホテルセンチュリー静岡（現ホテルグランヒルズ静岡）

発表
２００８年11月23日（日）
於グランシップ11階会議ホール・風

1

しなやかな声に呼ばれ
お茶をいただくような気分で
ここまで走ってきた
言の葉の舟を少々荒っぽく操り
ぼくらは歌いはじめる

忠栄

2

いつまでも走る　いつまでも
道が果ててしまっても　海がある
そうしてぼくらは魚のなかに溶けてゆく

隆昭

3

かつて　アンドレ・ブルトンという詩人がいて
夢を夢のままに書こうとした
推敲はしなかった
彼はたぶん　紙のうえに
脳みそごとつるっと脱皮したかったのだ

喜和夫

4

べちゃっと虹色の滴をのんで、一枚の紙が燃えている
蛙になるなら今だ、誰かがちぎった頁の端から
つややかな卵が産まれ

真維子

5

四角の卵から二枚の翼が生まれ
ひらひらと人を呼ぶ
私はどこへ行ったらいいの
私の故郷は球形なのに
めざす先はみんな三角な丘陵地

信

6

飲酒《おんじゅ》も邪淫も五悪のうち……
さても　この身は
今日も明日も隠居を決めこんで

忠栄

7

盗んだのはこの手じゃない
山のむこうからやってきて耳元で
誘惑し続ける小瑠璃《こるり》たち
だから野菜をひっこ抜いた穴に
せめて肥《こえ》を残しておこう

隆昭

8

芭蕉なんか読むんじゃなかった　鳥であれ人であれ
立ち去るときがもしも薄明であるならば
その声がいつまでも白く残って　困ってしまう

喜和夫

9

日の丸の真ん中を抜けて
フェルメールブルーに手をふる少女の
肩をからまつがやさしく抱いている
そのおかっぱに積雪のきょう
富士と見比べて、老齢はぐんぐんのびていく

真維子

10

女はいつも若い　あの牝馬の
肢体のうるわしさ
駄馬と呼ばれてもなんたる丈高さ

信

11

棟方志功によせて

椅子に座った姿はわが列島に似て
股のあたりに大和が渋く輝く
裏から色を施せばますますあでやか
おしろいで塗り固めなくてよい
あなたの生まれた土地はもう白い

隆昭

12

沖合をすべる帆に目もくれず
わらじをはく次郎長一家
お蝶さんが隠す涙ひとすじ

忠栄

13

空の青が皮膚にしみてくるような
ホテルの最上階で　われら
言葉の果たし合いなどして何になろう
ここから見下ろせば
新幹線だって一匹の優美な蛇だ

喜和夫

14

しなやかにうねり曲がる
豹の背中にとび乗って
孫悟空の觔斗雲と競争するのだ

信

15

三日月型の光を
銀の輪に宿してそれは
わたしの眠りを透かし編みにする
てんてんと、粉雪につけた手形のように
いざなう誰かを、断わってはいけない

真維子

16

月光の下　むかし昔の下駄の音がする
足裏の木肌が心地よかったろう
けれど切れた鼻緒は　なんだかさみしい

隆昭

17

すてきなダンサーが　明け方
素足でダンナを蹴っとばす
酢ダコをくわえたダンナさま
酔眼朦朧　たまらず
すってん　ころりん

忠栄

18

あれはたしか　発光ダイオードの虹のなかを
五十五羽の白い鳥と一羽の青い鳥が飛び交うというような
めちゃくちゃ蠱惑的な店だった

喜和夫

19

チルチルとミチルは仲良しの兄弟でした
幸福の青い鳥を探し求める旅で
二人は赤い鳥に出会いました
二人が恐れた悪漢ではなく
にんまり笑う作者の唇でした

信

20

静かなわるくちを浴びて
いじめっこが屋根に取り残される
石つぶてを投げるケンカくらい本当はしてみたかったよ

真維子

21

冬のオリオンよ
ぼくのなかにも星があり
理由もなく輝き出て　おもざしをほんのりと明るませる
あるいは怒りの握りこぶしから
かすかに光がこぼれ落ちるのも　その星のしわざ

喜和夫

22

世間は十二月間近で
クリスマスがにぎやかにやってくる
マッチ売りの坊主がひとり　道端ですねている

隆昭

23

暗い路地でも辿っていけばどこへでも行ける
そんな当たり前のことに気づいた
朝になったらもう少し視線を上げて
山並みをながめ、眼球筋をほぐして
三日間で近眼を治したい

真維子

24

円周率の迷路に踏みこんだ少年が
声をかぎりにうたうヨーデル
お母さんは行方不明です

忠栄

25

父親はとうのむかしに天の彼方
どこへ行ってもその歌声が響いている——
南海の藻屑となったときかされたが
今は別の土地で赤ん坊を育てていると
行商のおばさんの噂

信

26

日本ではあまりいいこともなかったので
ジャワに移住して車夫になり　合歓《ネム》の木の下で
とろけるような午睡をするんだ　とべつの私は語った

喜和夫

27

ぼくのなかに住む私という者は御しがたい
いいかげんなのは我慢できる
もの欲しい態度も　まあいいか
困ってしまうのは　ほめたくないのに
勝手に他人をほめてしまうことだ

隆昭

28

玄関に上がり込んで、靴も脱がずにお邪魔してしまう
転んだついでに花瓶も割って
破片をつなぎあう私たちはすでに夫婦なのです

真維子

29

むかし「破れ太鼓」という映画があった
ほとんどのストーリーはもう忘れてしまった
主演の阪妻の強烈な印象だけが残った
家族に嫌われる業突張《ごうつくば》り親父だった
そんな男はもはやこの国ではいなくなった

忠栄

30

エノケンさんに一度会ったことがある
箱根関所考古館に居候していたころ
怠け学生のちゃちな解説を真剣に聴いてくれた

信

31

海のなかにある赤い鳥居に
フェリーが停まらないのは残念だった
箱根神社の嫉妬深い女神様を恐れ
一生かかっても出会えない神様だっているさと
齧るおにぎりをカモメが丸ごと掻っ攫っていく

真維子

32

湿った岩屋の奥に弁天さまが座っていた
抱えもつ琵琶の音を聞いた者はいない
規則正しく落ちるしずくが　ピシリと肩を打つ

隆昭

33

美はどこにあるかなんて
誰にもわからない
泥の海に浮かぶコンビナートでさえ
夜ともなればきらびやかな光をやや哀しげに身にまとい
息を呑むほど美しい

喜和夫

34

私は有楽町に棲む老人のどぶ鼠
正月元旦に電車道へ出て走っていると
「やぁ　美しい」と感嘆してくれた泊り明けの記者もいたっけ

信

35

奈良の神主と駿河の神主が
皇居の裏で相撲をとっている——
私はそんな夢を見ていた
はるか彼方で火山はくしゃみをし
天から笑いがざんざと降る

忠栄

36

笑いすぎて滲む涙を堪《こら》えられた者はいないよ
雪ばんばはそう言い残して春に溶けていった
来年までは人々の目のなかで楽しげに遊んでいる

真維子

37

ありったけの言葉を繰り出して　しりとり遊びをした
お腹が空いたから　川原で鍋物でもしようか
鍋ならなんでも入れられる闇鍋がいい
だいすきな牛肉をつまむと　糸こんにゃくみたいに
ぞろぞろと言葉が連なってきて収拾がつかない

隆昭

38

あおむし　ししむら　らふ　ふらち
終わらない　終わりたくない　という思いが
泣き腫らしているような　夕映え

喜和夫

39

二十五階を吹き過ぎる風に
短い髪をさらさら梳かせ
来る年も　丑のように歩く
どすどすと歩く
牛は牛連れ　馬は馬連れ

信

40

青空に浮かぶ箱舟からこぼれ出て
おのがじし詩《うた》のシーツをひろげ　さて
あやしいほむらに身をまかす

忠栄

解説

第1番〜第5番

忠栄：「しなやかな声」とは、もちろん大岡さんの上品な声のこと（笑）。まずは当地へのご挨拶もかねて静岡の名物「お茶」を登場させました。「言の葉の舟」は詩人の言葉を動かしていくものですね。大岡さんが18才頃の作品「夜の旅」という詩の〈ぼくらの歌〉から「歌いはじめる」としました。

隆昭：このままどんどん走り続けようと。「歌」ということなのでリフレインしています。詩は虚の世界に入っていくようなところもありますから、「魚のなかに溶けてゆく」としてみました。

喜和夫：ブルトンのシュルレアリスムの作品に「溶ける魚」というのがあって、その翻訳をされていたのが大岡さんでした。だから、これは大岡さんへの挨拶のつもり。教養をひけらかすようなものになってしまいましたが（笑）。

真維子：「紙」というのは本のページです。これを見ると、まだ緊張から身体が縮こまっている自分を感じます。次の大岡さんが「卵」をちゃんとふ化してくださって安心しました。

大岡：いや、ヘンな卵をふ化させちゃったね（笑）。「四角」「二枚」「三角」と遊んだわけです。自然にこういう詩になったわけだけど、今読んでみると何言ってるんだと怒られそう（笑）。

第8番

喜和夫：また教養をひけらかしちゃった（笑）。前の「小瑠璃」から芭蕉の句〈海暮れて鴨の声ほのかに白し〉に結びつけたものです。前の「肥」を同音異義の「声」にして。「声」は今年のテーマでもありますからね。

第11番〜第12番

隆昭：大岡さんの「うるわしさ」から志功の「大和しうるわし」を発想。最初の詞書はなくてもわかる詩にしなければいけないのでしょうが。「椅子に座った姿」が日本列島に似ているんじゃないかと日頃から思っていて、いつか使いたいと思っていたんです。

忠栄：清水港の風景から隠し球として「次郎長」をぜひ出したかった。次郎長一家は、大岡信一家（笑）。次郎長は喧嘩に、我らは連詩を巻くために「わらじをはく」わけですよ。

第17番〜第18番

忠栄：これまた遊ばせてもらいました。喜和夫さんの奥さんがフラメンコのダンサーですから、彼に当てつけて。こういうとぼけた詩も座であればこそ。彼にははぐらかされてしまいましたが。

喜和夫：ひたすら逃げて（笑）。ただ言葉遊びの調子は「酢ダコ」のようにくっついていきて。青葉通りのイルミネーションが点灯されたという当日の静岡新聞の記事をこれは引用したものです。

第36番〜第40番

真維子：前の詩は、考えれば考えるほど面白い光景だなと。「天から」より「雪」を連想。「ざんざ」を「ばんば」につなげました。最初「笑い涙」としたら、大岡さんにそんな言葉はないと言われたのがショックで、故郷の長野ではみんな使っていましたから。

隆昭：最終行の「遊び」を継いで。終わりにさしかかったので日頃詩について思っていることを書いてみました。そして、頭を使っているとお腹が空く。私は坊主ですがお肉が好きなんです（笑）。

喜和夫：ネタが尽きそうなとき、また言葉遊びができそうでありがたかった！「〜終わりたくない」は連詩が終わる解放感と寂しさ。折しも窓越しにこの世の果てのような「夕焼け」が見えていました。

信：来年の干支を聞いたら「丑」年だと。そして、広辞苑を引いたら「牛は牛連れ〜」のことわざが載っていたので、そのまま使いました。ずるいんです（笑）。

忠栄：いよいよ最後。中身はどうでも、最初と最後が肝心ですからね。「こぼれ出て」とは、連詩の終わり。詩とは大体「あやしい」もの。それぞれ一人の世界に戻って、また自分の詩を書き出すのだと。夕焼けを使いたかったが、喜和夫さんがずっと外を見ていて使うんじゃないかと思ってたら、やっぱり使いやがって（笑）。頭に来たから「青空」にしてやった（笑）。

言葉の収穫祭　の巻

天沢退二郎
大岡信（発句・監修）
小池昌代
穂村弘
和合亮一
野村喜和夫（捌き手）

創作
２００９年11月26日（木）起
同月28日（土）満尾
於ホテルセンチュリー静岡（現ホテルグランヒルズ静岡）

発表
２００９年11月29日（日）
於グランシップ11階会議ホール・風

1

僕はまた、身ごもる。
時空に漲っている　思考も感覚も
沈黙さえも　いそいそと嚥下するからだ
そして生み落とす、
言葉の収穫祭への　捧げものを。

信

2

窓からは雪をかぶった南アルプス
わたしのなかの血の煮凝りを
白鳥の群れよ　散らせ　遠くへ

昌代

3

青い空、静かなる丘のかげに
ひっそりと隠れているのは
私の心の暗いスロープ
よく見るとそこにさらに黒い
斑点は、言葉の影たちだ

退二郎

4

かちゃかちゃかちゃかちゃかちゃ
かちゃかちゃかちゃかちゃかちゃ
「かに本家」に蟹が出勤

弘

5

かちゃかちゃ　何億もの虹色の蟹たちが　未明の渚から
ハサミを振り上げて　次から次に冬の始まりを運んでくる
夜更けに八本の足が生えてきて一斉に　駿河湾からここまで
這い上がってきた詩がたったいま　そして　卓上にある
私たちの頭脳の甲羅を照らすのは　何

亮一

6

なんというたずらな稲びかりだ
せっかくの私たちの秘めごとを　おぐらい肉のはかりごとを
ストロボ状に浮かび上がらせるなんて

喜和夫

7

ひきさかれた　わたしたち
めくれあがった詩から
はみ出した　ふくらはぎが一本
飛行船となって　ブラブラ
静岡の空を　飛んでいくよ

昌代

8

そのとき、風が吹き出した
いや　風ではない、声だ、
「地獄」の方角からの、低い、美しい歌声だ

退二郎

9

新しい伝言一件目。
今日の午前2時2分の伝言です。
「あなたのシャーペンの芯、足しておきました。
あなたのシャーペンの消しゴム、取り替えておきました。
あなたのカッターの刃、折っておきました。」

弘

10

たとえばこの世界の伝書鳩になりたい
夜明けまで手紙を書きあぐね　それでも伝えたいことがある
朝のキッチンの包丁の先で光り　滴る　ひとしずくの宇宙を

亮一

11

夕映えの窓にもたれて待っているのは
美しい言葉ではない
優しい言葉でもない
待っているのは数字
新型インフルエンザ予防接種の予約番号

弘

12

新しい伝言ｎ件目
あさっての午前8時の伝言です
「きみの五〇年後の出生きまった。おめでとう」

退二郎

13

悪魔は黒い眼鏡をかけて
ひこひこ笑う　やめて
酢豚のブタが降ってくる
25階までよくのぼってきたね、身重の黒蝶
「生みつける場所はどこにもないよ！」

昌代

14

悲鳴に先立たれて　おまえは在る
せめて絵本の世界でのように　三日月に腰かけて
流星雨でも浴びるがいい　虫のごとき生よ

喜和夫

15

わが半生は月面の暴風雨である　そして
これからの半分は燃える絵本の如きである
それならば　絶望も怒りも哀しみも
天使のあくびへと変えてしまおうかしら　冬の蜂たちは
こんなふうに酔って生きて　夢に死んでいくのさ　ぶんぶん

亮一

16

整形手術を繰り返して別人になったのに
港で手錠をかけられちゃった
「ぶんぶん」って口癖が命取りだったのさ　ぶんぶん

弘

17

戦争に行って五年、ずいぶん人を殺して
やっと帰って来たら、国の中が内戦、
家族みな殺されて、やっと終ってすぐ
また戦争に行って十年、ずいぶん人を殺して
やっと帰って来て一夜、目覚めたらみんな夢だった

退二郎

18

うずくまっている　まゆげの濃い男が
がばり立ちあがり　マンゴーを食う
ゆれている　蠅取り紙が

昌代

19

だが不思議なことに骨はベッドに残されたまま
けなげにも徐々に成長をはじめるので思はず
水をかけてやりたくなり実際にさうしてみると
数日後に骨はちひさなバオバブのやうなかたちになつて
その枝のさきからいくつもの未知の顔が咲いたよありがたう

喜和夫

20

どの顔にしようか　どの骨にしようか　どの家族にしようか　私は
必ず夜中にシーツの荒海を漂流して　一度は消えてしまう　そしてふと現われる
いつもと同じ顔と骨と家族を探せば　かろうじての私であった　はじめまして

亮一

21

さすがに腹がへった。もう三日は碌なものを食っていない。
ジュネーヴのホテル、長い長い廊下の端の食堂で
飯にスープをかけただけの一皿を爪楊枝二本で掬って食べる
いくら食べても腹はおさまらぬ、また長い廊下を走って走って
サイゴンのホテルの食堂？　否、眼前には奇怪な大寺院が！

退二郎

22

密林の奥の仏たちは
朝日を浴びた巨大な石の壁から
何世紀ものあいだ　きりもなく湧きつづけている

喜和夫

23

犬の夢で輝くのは黄金の富士である
犬の唾液とは東シナ海の渦潮である
犬の足とはエジプトの厚い雲からもれる光である
犬の尻尾とはメキシコの平野を渡る恵みの風である
地球よ　宇宙の忌まわしい番犬よ　もっと牙を剝け

亮一

24

「大丈夫っす。自分、コンビニの場所は匂いでわかりますから」
って言葉通りに発見したコンビニに入ったら、
棚という棚にマタタビがぎっしり。

弘

25

夕方にはどこにも居場所がない
海へ行くバスに乗りましょう
次はアア郷愁の　コンビーフ缶詰工場前
コンビーフ缶詰工場前
鳩になれ　女子従業員さんの白い手袋

昌代

26

氷雨の中であがりつづける凧もあれば、
蜂に飛びこまれて墜落するジェット機もあり、
おれは豚にまたがって世界一周したこともある

退二郎

27

蛸の愛を思い描こうとするが
どうしてもイメージできない
八本腕のドンファンやヴィーナスの吸盤らが
おおくんずほぐれつして　わが脳はさながら
あらたな種の生成の予感に泡立つ極地の混沌

喜和夫

28

夜のうなぎが身をくねらせながら　深い意味の底へと潜っていく
泥の終わりで反転し　やがて無意味な魚類となり果てる
快楽だけが　湖の水面を波立たせると　生あたたかな雨

亮一

29

夜のお菓子　夜のおもちゃ　夜の子供
夜の先生　夜の生徒　夜の授業参観
夜のモーニング娘。　夜の朝青龍　夜の曙
夜の8時だヨ！全員集合　夜の徹子の部屋　夜の愛は地球を救う
まわりつづける光車よ！

弘

30

午前三時　人知れずスイッチが入って
いきなりまわる　まわり始める　大観覧車が　まわる　まわって
緑色の箱のなかに　捨ててきちまった　赤ん坊が泣いて

昌代

31

きみは見過ごすしかない　過激な空の青に追われるがいい
光と風と意味とは容赦なく続いている　しかし　きみは見つめるしかない
空の奥で吹かれている未生の言葉　なんという典雅な　孤絶の青
やはりこの処刑から目を反らすしかない　だからこの屋上は
立ち入り禁止だったのだ　頬を撫でる真冬の怒りだ　びょうびょう

亮一

32

えのころぐさ　すすき　あし
地上では草を香らせ　草を織り込み　そこに父祖たちの
きらめく蛇のような健康も　ひそませて

喜和夫

33

保険証も持たず　一人あのひとは旅に出た
ほつれた虹色のセーターを着て。
行商のおばさんが　縁側にひろげる
あげもち　青菜　イナゴの佃煮
誰のものか　福耳一つ

昌代

34

「ひかり」479号の禁煙グリーン9号車3番D席に
蟷螂が乗っていた
鎌を真っ赤に濡らして

弘

35

あれ　あれ、あれよ　あれよ
あれよ　あれよ　あらあら　あれよ
あれあれよ、あれわれよ　あらわれよ
あれ、なれよ　あれわれわれよ
あれよ　あれよ　あれよ　あれよ（くりかえし★）

退二郎

36

俺は「俺」という単語をこの世界から盗み出した
だから俺以外の「俺」は全て詐欺である　俺しか
「俺」は使えない　俺　これからどうすればいいのか

亮一

37

スカートのなかの劇場へ眼を忍び込ませたり
膝がしらに暴動の未来を匂わせたり
丘の廃屋で光年の雫を飲んだり
全力で少年であれ
不穏であれ

喜和夫

38

「いいこともあるさ、やけをおこしちゃあ、いけないよ」
おでんの底に
ゆらり　ゆらめく　テロリストをなだめて

昌代

39

指から零れた仁丹の粒が階段を弾みながら墜ちてゆく
(たーん たーん たーん たーん たーん たーん たーん たーん)
将来の夢が変わった　新幹線の顔が変わった　あの人の苗字が変わった
(たーん たーん たーん たーん たーん たーん たーん たーん)
「非常口の緑の人」に翼が生えた

弘

40

「光、あれ！」そしてシャッターを押し上げる——
「さあ、光よ、この四十ふさの作物を、
来たりて白日のもとにさらせ！」

退二郎

★

ある〔動詞〕在る、生まれる等

解説

第1番〜第5番

信（代読）：「身ごもる」「生み落とす」は詩人の作業。今回はちょうど10回目なので、お祝いの気分を込めました。

昌代：「生み落とす」から塊のイメージと、会が始まったばかりの緊張から「煮凝り」と。私は悪玉コレステロール値が高いので（笑）、サラサラ流れるものへの憧れもありまして。ちょうど25階の窓から鳥が見えたんですよ。

退二郎：確かに創作中は天気がよく暖かくて、25階からは「明」しか見えない。でも、その陰には「暗」もあると。また、目には見えない言葉に光が当たって影ができる。その影を言葉だと我々は思っているが、それは影に過ぎないんですね。

弘：見えない言葉を作者にもコントロールできない不思議な生き物として「蟹」を持ってきました。

喜和夫：彼は今回の会にリズムの変化を生むというか、トリックスター的な活躍をしましたね。

亮一：今回、初めて静岡に降り立って、止まっていると、富士山を初めて見ました（笑）。福島に暮らす私から見ると、「駿河湾」は外からの風が吹いている。詩が運ばれる作品にしたいなと思ったんです。

喜和夫：「照らす」から「稲びかり」に。「頭脳の甲羅」を肉体の営みに転換しました。連句などには恋の座があるので、入れてみようと思ったわけです。

第15番〜第17番

亮一：25階の窓にぶつかっては離れていく「蜂」を、思い浮かんでは消えていく詩の様に重ねました。先日亡くなられた隣町の作詞家、丘灯至夫さんが作詞された「みなしごハッチ」を思い出しましたね。

弘：前の詩の「ぶんぶん」に魅了されましたね。最近の事件で整形手術までして別人になったのに捕まった容疑者がいましたけど、自分の知らない口癖のせいで見つかっちゃったとしたらどうだろうかと。「こんにちは、ぶんぶん」とか（笑）。

退二郎：人間が犯してきた最大の犯罪は、戦争であると。実は部屋にボールペンを取りに行ったとき、エレベーターの中で「戦争」という言葉が浮かんだんです。つまりボールペンのせいで戦争になった。戦争はそうして起こるわけです。

第24番〜第25番

弘：これはその日の朝、和合さんが本当にこう言っていて、犬みたいだなと思いながらメモしておいたんです（笑）。そんな犬みたいな和合さんがコンビニ行ったら、猫の大好物ばかり棚に並んでいたらどうだろうと意地悪してみました。

昌代：この四人は本当に意地悪なんですよ。だから身を翻したい、「海」に行きたいと。穂村ワールドから、幼年の昭和の世界に飛んでみました。

第36番〜第40番

亮一：天沢さんの原稿を覗き見てやばいなぁと。一番悩みました。それで「あれ」から「俺」へ。「言葉の収穫祭」というタイトルなので「俺」を収穫したんです。

喜和夫：「どうすればいいのか」と来たのでアドバイスのつもりで書きました。今回の男性陣はみんな永遠の「少年」のようなんですよ。ただ、二つ前の天沢さんの「あれ」の呪文の反響を無意識のうちに受けてましたね。ルール違反かもしれませんが。

昌代：終末までもう少し。自爆したいような気持ちで「テロリスト」と。「おでんの底」にある玉子のようなものが爆発寸前なのでしょう。

弘：「テロリスト」からピストルの弾のイメージで「仁丹」。「たーん　たーん」の間に時代が動いていくと。野村さんが「なるほど時代が変わる＝TURNとかけたんですね」とおっしゃって、なんて自分は素晴らしいかと（笑）。我々はみんな非常口にいるようなもの。最後に希望がほしくて羽をつけました。

退二郎：シャッターを上げ、カーテンを開くと、光が溢れこんで新しい一日が始まると。光で照らし出すと、ときには人を怒らせたり不幸にすることもあるが、とにかくすべてを晒そうと。そして、これをお開きの言葉にしたわけです。

不死を仰ぐ島影　の巻

大岡亜紀
覚和歌子
田原
四元康祐
野村喜和夫（捌き手）

創作
２０１０年11月18日（木）起
同月20日（土）満尾
於ホテルセンチュリー静岡（現ホテルグランヒルズ静岡）

発表
２０１０年11月21日（日）
於グランシップ11階会議ホール・風

1

はるばると半球を越えて運んできたのだ
一語たりとも零さぬようにむっつりと口を噤んで
我が内なる日本語よ、ここからは
君らが僕を運ぶ番だ
不死を仰ぐあの四つの島影にむかって

康祐

2

二十五階の窓から遠く見ても、遙か大昔の
巨大な墓のように島国に隆起するあの山は
言語を越えて、その美しい魂は私の体内にも潜む

原

3

神霊の鎮まる場から光を打ちつれて
粒立つ結晶はたちのぼる
中空にあそぶ頌歌をむんずとつかみ
スクリーンで破裂させるため
ひとびとの畏《おそ》れる頭《こうべ》をすっくと上げさせるため

亜紀

4

あおむくわたしの顎を引き寄せて
正気づかせたのは　人差し指
あなたの頬には　ほら　今朝できたばかりの青春豆《にきび》

和歌子

5

毛孔部の炎症による丘疹膿疱のうち
青少年のとくに顔面に発生する尋常性痤瘡をいふなり
まれに密林に転生し長い身を得てニシキヘビとなり
植物化し茎を伸ばしてトウキビとなるは
たんに言葉の上の戯れにあらず

喜和夫

6

万物流転、光顕現鏡像照射即暗闇消失。
今日我此処眼下視疾走新幹線、
明日我月面堆積塵？

康祐

7

虎猫の目に地球がまわっている
空は馴らされ、永遠の青さのまま
客間の壁に静止する
森はさかさまに生長し、雲海はひっそりと
虎猫の足もとから流れる

原

8

たわわに実ったマグマが海底から
揺れる漁火を羨んでいる
ほとばしり　そして女の胎内に消え去りたいと

亜紀

9

うかうかと　子守唄などくちずさんでいるうちに
千年が過ぎた
歌の言葉は　もう誰にも通じなくなって
耳触りのいい音だけが　からころと
雑踏のすきまをわたっていく

和歌子

10

私の耳の底で　小さな誰かが
ブリキを擦りあわせたような悲鳴を上げている
おい　出てこいよ

喜和夫

11

わたくしよりも　めくるめくものが
この世にあってはならないと言ったのに
どうしてくれよう
扉を差し込むあの閃《きら》めきの傲慢なことといったら
かしましさといったら

和歌子

12

兜率天《とそってん》から弥勒が憐れむ
「静寂は久遠《くおん》の孤独。
ただ　花のときを選択すればいいものを」

亜紀

13

幾千年に埋葬されても陶塤《つちぶえ》の胸中のメロディーは変形しない
億万トンの暗黒に圧迫されても記憶は潰されない
沈黙を歌いつづけたのは副葬品という運命
地上で日差しとの再会を
奏でるために

原

14

初めてのデートは火曜日の博物館
メソポタミア文明を後にしてふたりは手をつないだのさ
まるでタンゴを始める前のペアそっくりに

康祐

15

ひとつになるためのステップ、踏み、
絶頂へのスピン、えがく、ほらほら、
オルガ、織るよ、俺が、住む巣、
すがすがしい巣、結び、
産む巣、高らしめ、

喜和夫

16

すんでのところで　わざわざ逃がしたのに
こういう時に限って
太陽なんかを孕んでしまう

和歌子

17

原子核融合反応が
烈しいエネルギー放出を誘い出した。
内部からぱっくり割られ、
ざくろの果実が彼方まではじけ飛ぶ。
そして　すべての女は赤いくだものの化身となった

亜紀

18

その時、あなたの虹に入って七色鳥になった私は
丘陵を飛び越えて、深い峡谷に降りる
羽毛はあなたの震える声に潤されて

原

19

もののなまえは　こころのぷりずむ
からまりあった　おもいをほぐす
うたのしらべは　こころのれんず
ちぢにみだれた　おもいをたばね
まるいひかりの　みをむすぶ

康祐

20

わたくしの背後の闇にはねじくれたひらがなの迷路が
どこまでもどこまでもつづきわたくしを眠らせない
漢字の精霊がやってくるのはたぶん丑三つの果てるころだ

喜和夫

21

眠り薬の代わりにアブサンを呷《あお》り
酩酊詩人はいっときの安息を得る
まぶたの裏では眼球が
言葉から言葉への暗号を
休みなく解読しているのに

亜紀

22

世界は謎に満ちたままだろう
たとえ今朝イトカワからハヤブサが帰還し
明日にはあかつきが金星に出発しても

喜和夫

23

なんという文明の行進曲
上昇する海は都市を丸のみ
涸れた湖は空を消す
駱駝はのどが渇いて死ぬが
その骨たちの夢は全身に文字を刻まれることだ

原

24

在我們家
每天有九個詞彙消失
那就讓我們每天種上九棵苹果樹吧

わたしたちの家では
一日に九つの言葉を失い
一日に九本の林檎の木を植えます

和歌子

25

西日浴びる鉄棒のかすかなぬくもり
そのなかに今あなたはいる
すっかり無口になって
けれどなおわたしに向かって送りつづけてくださる
数え切れない、空《そら》の絵葉書――

康祐

26

透明なキャンバスにぼくは描く
永遠という絵具《えのぐ》で、声よりも深々と
君にしみこんでゆく遙かなものを

亜紀

27

伝へたくても伝はらないもの
伝へたくなくても伝はつてしまふもの
それらが　生存の波打ち際で
XになりYになりながら　数知れぬ蒼い爪のやうに
舞ひ狂つてゐた！　舞ひ狂つてゐた！

喜和夫

28

華北平原の地平線に届けたい
伊豆の踊子の秘めた思いを
太平洋の波音と蜜柑の香りに宿らせて

原

29

積もっては固められる雪のような海馬
その下で糖度をつのらせる記憶《おもいで》
ひとのかたちは
集合無意識《ひとつのいのち》の海へと下りていく
健気な通路

和歌子

30

カウチの足元でザムザが手足をバタバタさせている
甲虫に「変身」してしまった理由を幼年期に遡って分析しているうちに
ずり落ちてしまったのだ

康祐

31

質問の答えはいつだって自分のなかにある
心はそれほど柔《やわ》じゃない
もろく壊れやすいはずと
堅い殻で覆っていた
いま　しなやかに力強く解き放とう

亜紀

32

爽やかな笑顔の仮面の向こうに広がる草原に立っているのは
一人っ子の彼のまだ会ったことのない妹
ワンピースの裾が風に吹かれて音もなく揺れている

康祐

33

右の耳から左の耳へ
魚の群れを通過させる方法
頬の内側を
青空でいっぱいにする方法
もういちど会えたら　今度こそ教えて

和歌子

34

墓碑の前を流れる谷川は疲れを知らない
鬼火に明るく照らされる蝙蝠の目に
夜の本質《まこと》を映しながら

原

35

ジャワの鳥市場で、
籠に囚われのきみをみた、

「なぜ逆立ちしてる？」とぼくがたずねると、

「やってごらん」ときみは言いたげだった、

「血が頭に下がってきて、冷めた怒りが醸成されるよ」

喜和夫

36

露天の店先で少年は夢みている
いつか　あの更紗がじゅうたんになって
世界旅行に連れていってくれること

亜紀

37

一歩たりとも歩いてはいないのに
風景は絶え間なく背後へ飛び去ってゆく
足元に翻る透明な時の織物
いつか降り立つことができるだろうか
柔らかな目覚めの岸へ？

康祐

38

変化はちょうど
つぼみがひらく速さ
待つことのよろこびを生きていけたら

和歌子

39

巫女に導かれた時から
私は流木になって漂流し始めた
リズムの川をさかのぼって
耳いっぱいに流れ込むかまびすしい水音をものともせずに
ミューズの懐へ

原

40

かたわらには　オルフェウスの竪琴が
立てかけられているかのようだ　さあとっておきの
シャンパンの栓をあけよう

喜和夫

解説

第1番〜第5番

康祐：前夜祭で静岡県知事があまりに富士山を絶賛するのでちょっと反発したくなったけど、気づいたら……（笑）。自分が容器となってドイツから運んだ日本語を今度はみんなが送り届けていってほしいという詩です。

原：多くの中国人にとって、富士山＝日本人。大和の精神が潜んでいる山。「墓」というと悲しいイメージも持つかもしれないけど、死者の立場からすると暖かい家なんですよ。

亜紀：富士山に取り憑かれた前の二つを受けて、ここは飛躍しなければと。前の詩が気高く厳かでしたから、25階で歌を創っている、その欠片を空の高みにパッと放つイメージです。

和歌子：亜紀さんの大きな世界を受けて、「わたし」と「あなた」という日常性の世界に持っていこうと。中国語は田原さん参加へ歓迎を表明しての中国語です。日本語詩を書いてから彼に翻訳してもらいました。ニキビは中国語で「青春豆」と書く。そういうさもない知恵ばかりを大学時代に身につけまして（笑）。これに野村さんが食いついてくれてありがとうですが、（本来は恋の座につながるところを）そっちへ行ったかと（笑）。

喜和夫：連詩は〝いい裏切り〟と〝嘘〟がポイントですが、うまくホラが吹けたでしょうか。ニキビとニシキヘビとトウキビは語呂合わせです。

第10番〜第14番

喜和夫：いつも連詩に時事的な話題を入れようと心がけていて、今回はチリの落盤事故に。閉じこめられた人々に「出てこいよ」と。すると次でとんでもない方向に行ってしまって（笑）。

和歌子：天照大神が閉じこもった天の岩戸から出たとき、鏡に映ったものが自分とは知らずに言った言葉ってこんなだったのかなと。

亜紀：天照大神から「弥勒」菩薩がいるという「兜率天」に飛んで。連句には花の座、恋の座というのがありますが、どこかで出さねばと思い「花」を使いました。

原：兜率天という言葉を僕は初めて知りました。「陶塤」はみなさん知らないと思いますが、地球上から千年以上消えていて20年前に発掘された「つちぶえ」です。

康祐：生きている場に戻して、国立民族「博物館」を借りました。喜和夫さんの奥さんはフラメンコダンサーなので、二人のデートにしたいなと。なのに、次でなぜ、「オルガ」なんでしょう（笑）。

第27番〜第28番

康祐：このあたりで画家である亜紀さんに絵はがきを書いてほしいと思ったんですね。

亜紀：それを真正面から受け止めて。「無口」というけれど、「ぼく」は声よりも深く届くものを送っているのだと。

喜和夫：「舞ひ狂つてゐた」と2回重ねるのは中原中也調ですが、日本の詩人が好きな中也を田原さんはさほどでもないとのことで、わざとぶつけたら、なんと川端康成にしてしまった！（笑）

原：川端康成は知らない中国人はいないほど有名です。静岡は初めて来ましたが、すごく気に入って、この静岡の地名を使って、私のふるさとを伝えられたらと思いました。

第38番〜第40番

和歌子：魔法の絨毯の上で自問自答する前の詩の「いつか」に反応して。このあたりから結句へ「ひらく」方向にしようと考えました。この37、38は時間がかかりましたね。

原：実際に私のおばあさんが巫女で、彼女の様子を今でも鮮明に覚えています。もう最後なので「ミューズ」としました。

喜和夫：39が事実上の挙句（最終句）らしくなっているので、最後は軽く余韻のようにつけました。完成後に開けるように支度されたシャンパンがチラついて焦りました（笑）。

昨日の森から明日の色へ　の巻

川口晴美
城戸朱理
管啓次郎
三角みづ紀
野村喜和夫（捌き手）

創作
２０１１年11月17日（木）起
同月19日（土）満尾
於グランシップ12階特別室

発表
２０１１年11月20日（日）
於グランシップ11階会議ホール・風

1

おだやかに澄まされた耳元が
今日という日が晴れたとて
昨日の森がどうであったのか
明日が何色に見えるのか
快晴に染まりながら問われている

みづ紀

2

「透明」を写すことはできるだろうか
静かな海　森は風にも染まり
駿河湾には目のない魚が眠っている

朱理

3

半睡のわたくしの脳のなかに
うごめいている人形
を抱く娘
を抱く老詩人
を抱くぼろぼろの種字曼荼羅一枚

喜和夫

4

めぐり流れる言葉の渦から
泳いできた桜海老が夜の底に届き
今朝はもうわたしの身体になっている

晴美

5

その身体を変換したい
その心もどこかに返還したい
海と山をそっくり入れ替えて
水でできたフジを想像する
夜空のすべてが藍色の水面となる

K

6

汽水にうつりこんだ
わたしの足、わたしの顔、わたしの感情
連なる一本が天まで伸びた

みづ紀

7

この水に恵まれた国に
人声はますます鎮まり返って
木陰はコバルトの影となる
夜はまだ若く
耳鳴りのような問いが訪れる

朱理

8

おお　われらが愛しき大地
可憐な菫のとなりには
セシウムがかくれんぼしている

喜和夫

9

ひざまづいて口づけてあげよう
生きている　ふるえている
海岸線に縁取られて
一枚の花びらのように
潤う半島

晴美

10

飛び込めばいい、海に
飛び込めばいい、空に
行為が遺跡を未来形にする

K

11

「階段おりたら弥生のひと」
誘われて降り積もる時間を踏んだ
皆どこへ行ったの？
骨も思いもどこにもないのに
確かにここにつながっている

晴美

12

きずなという言葉がきらいだ
むしろきぬた　きづた
無限へと開かれたその葉の傷のような孤独

喜和夫

13

黒潮は半島に衝突し
椎の葉は茂り、椎の実が落ち
猪が山頂から転がり落ちて。
定住者の思想が蒼ざめるとき
列島に冬が訪れる

朱理

14

そうやって閉じたまぶたで
球体を考えれば粒のように鳥
月、日、星と叫ぶ声

みづ紀

15

暦の推移を知るのはかれら
獣たち、樹木たち。土地の
陽光を共有する陽気な仲間たち
充満する命の言葉を
私たちにも教えてよ

K

16

だけどわからないことが好き
行ったことないグランドピアノ工場の
輝く黒い翼を夢みた

晴美

17

不意の舞台だつた　ほそくほそく
音の絹が流れ　このうへもなくしなやかな男と女が
αを描きβを描くやうに　身をくねらせてゐた
不意にまた　消炎剤のやうな闇が
ふたりを包み隠してしまふまで

喜和夫

18

何かがやって来る
ゆら、ゆら、と定まらぬ影のように
パペ　サタン、パペ　サタン、アレッペ

朱理

19

見えぬ部位である
摘まれることなく
それらの足音が響く
扉としたら
大層おもい

みづ紀

20

身長5㎝の兵士たちを
七十二万人の市民へと武装解除する
闇から光への行進だ

K

21

ぼくが考えているのは
たとえば柔らかい戦争です
銃弾も飛ばないし戦車も走り回らない
ただ皮膚と皮膚とがふれあったりおののきあったり
残されるのはシーツの深い皺のような平和

喜和夫

22

空腹では平和もむずかしい
ペッパーポットはカリブ海の料理
この辛さを分かち合って笑う

K

23

笑いは波打ち、海となる
光は傾き、朝となる
赤い靴を履くと長い旅が始まる
港はそこにある
海の涯てがほのかに光る

朱理

24

水の傾斜を駆け上がり
秘められた道を走り抜け
お姫さまたち　いってらっしゃい

晴美

25

明るみを増す車内にて。
（このまま逃げきれるはずなのに）
外出の言葉もなく
きゃらきゃらと昼に向かう
髪を結ったわたしたちを描いて

みづ紀

26

異様に太い首や二の腕は男性そのもの
なのに乳房がふくらんでいる
裸のモナリザたち　裸の美都痕奴里亜《ミトコンドリア》たち

喜和夫

27

だが最初のイヴは単数でしか呼べない
アフリカのどこかに唯一の母がいた
母がひとりで母を生み舌と技を教える
競うことなく眼差をかわして
抱擁が挨拶、舞踊が儀礼

K

28

これが風、あれは大地
そして言葉が生まれた、
いまだに旅をする最初の星の光のように。

朱理

29

船に似たこの地でわたしは思い出す
ホワイトベースという名の船に乗り
子どもたちがここにない宇宙を旅したこと
赤い彗星が閃いた
未来だった

晴美

30

長い椅子に座った名前
それらはあまりに長い長い椅子で
気づけば午後まで見下ろしている

みづ紀

31

時空の不思議について語ろう
ある日少年が校庭でブーメランを投げたとする
戻ってこないのでそのまま彼は立ち去るが
数十年後に老人となってふたたびそこに立つと
ようやくブーメランも戻ってきて彼の喉を切り裂くのだ

喜和夫

32

それから町に咲きみだれるは
桜の後に椿、後に菊、後に蘭、と
夢をみて共に揺らぐ

みづ紀

33

果てしなく青く広がる謎から
虹のように引き伸ばされた無数の雫が
落下する落下する落下する
滲んで離れて絡まりあって
地中ではあたらしい地図が描かれていく

晴美

34

人生を踏みまどうように
彼岸も見えない蓬莱橋をようやく渡り切ると
そこは常世《とこよ》、橘《ときじくのかくのこのみ》も実り。

朱理

35

生きることが傷だと考えたとき
その痛みに言葉を失なった
傷を舐めてくれた私のオレンジ色の犬は
川原を永遠に歩いている
小石が水を切り私は声をとり戻す

K

36

夕まぐれちかくの
そこだけ葱坊主のような明るみのなかへ
いましも蝶が降り立とうとして

喜和夫

37

残欠だろうか
この腕にひとひらはりついて
思考する瞬間が成長する
一滴が傘を射った
それからなお一滴が続いた

みづ紀

38

幾重にも記憶は訪れるから
あたたかいお茶を淹れましょう
それぞれの器がやわらかく満ちるまで

晴美

39

昨日は玲瓏《レイリオッタ》たる蝉が啼いていた
今日は激しい雨だった
千年前にも雨は降り、恋人たちを濡らしたが
明日はきっと雪が降り、樅《もみ》の樹にも雪が積《つ》み
千年後にも雨は降り、静かに岡を濡らすだろう

朱理

40

「地獄の門」の実在を信じる必要はない
生命の薪は燃えて新しいかがり火となる
朝の美しい約束が海岸で待っている

K

解説

第1番〜第5番

みづ紀：前夜、城戸さんに何か奢るから第1番を書けと言われて（笑）。最初に訪れた登呂遺跡の情景から、今は過去となった「森」を想像しました。芹沢銈介美術館で見た「染め」と合わせました。

朱理：「海」と「森」は静岡らしい景色ですね。「目のない魚」は深海魚。その眠りを脅かせないほど静かな海。前詩で「問われている」ものが何か。それは語られていない。その答えを四十篇で探していこうという気持ちで作りました。

喜和夫：メンバーを見渡すとまじめそう。となると連詩、連句のなかの「恋の座」を担うのは僕しかないという義務感の一篇ですね（笑）。前の「眠っている」を受けたものです。「種字曼荼羅」は美術館で見た文字だけの曼荼羅のことを言っています。

晴美：義務と言いつつ、嬉しそうでしたけど（笑）。「曼荼羅」のイメージから「めぐり流れる言葉の渦」に。前夜に食べた「桜海老」は「今朝は」身体の一部だと。野村さんとは違う、身体性に寄り添った官能の詩にしました。

啓次郎（K）：「口にするもの」の蓄積によって自分が「変換」される。「山」を「水」に変換してみました。「フジ」と聞くと日本人は漢字の富士を連想するけど、外国人には音だけ。それであえてカタカナにしました。

第18番〜第21番

朱理：ダンテの『神曲』の中の意味のない、呪文のような一行を引用。サタンといえば不吉なイメージ。アンデルセンの『即興詩人』にも引用されていて、今の私たちに重なるなと思いました。

みづ紀：書く前に前の三行を映像で想像してみると、活火山のマグマのようだなぁと。呪文でも開かない「おもい」「扉」のイメージです。一行目はわかりにくいと反対が多かったのですが、省略的な語法がいいと結局採用されました。

啓次郎：現場からプラモデル会社が見えました。静岡県民「七十二万人」は戦わず、「光」に向かって隊列を作って歩いていると。

喜和夫：性的妄想がいっぱいの詩ですみません（笑）。管さんを裏切って、また戦争ですけど、でも、やわらかな戦争ということでどうかお許しを。

第36番～第40番

喜和夫：愛読するニーチェの「永劫回帰」につなげようと思ったのですが、第31番の「ブーメラン」で回帰が出てくるので断念。連詩では戻るのは御法度ですからね。それで「川原」と「小石」から中原中也の「一つのメルヘン」の一篇を思いだし、それに出てくる「蝶」を登場させました。

みづ紀：野村さんの作品は全部恋の座に見えて。だから夜の蝶かと思ってました（笑）。「ひとひら」は「蝶」。三日目は雨がひどくて。私も中也が好きで「なをも」で終わる一篇から「なお」を借りました。

晴美：波紋が広がるイメージから「お茶」に。記憶はお客。訪れるたびに「お茶を淹れ」、身体は記憶で「満ちて」「やわらかく」なると。

朱理：登呂遺跡に行ったりしたこともあって、過去も含め、時間の関わりが特徴的な連詩になったと思います。「昨日」「今日」「明日」とめぐる時間を提出して管さんに渡しました。

啓次郎：その日はちょうどロダン館のガラスの天井に雨が吹き付けていました。「地獄の門」を見ながら、夜が明ければ新しい「生命」の瞬間を迎えることがあるだろうと。こういう年だからこそ、明けた朝にある希望で終えたいと思いました。

言葉の縫い針　の巻

ジェフリー・アングルス
覚和歌子
杉本真維子
平田俊子
野村喜和夫（捌き手）

創作
2012年11月15日（木）起
同月17日（土）満尾
於グランシップ12階特別室

発表
2012年11月18日（日）
於グランシップ11階会議ホール・風

1

拾いなさい　万年筆を
手の中で縫針になるから
言葉という細い糸を
掛け合わせて引っ張れば
そのうち　大地を大空に結ぶ

ジェフリー

2

なんのための　ヒガシシズオカの陸にそびえる大きな船
きょうは裏口から私たち
小さな想像の海を運び入れる

喜和夫

3

続けようと私たち
繋げようと私たち
ヒトリシズカに船尾に位置し
荷を運び　惨に到り
次にくるのは　し・・・らない

俊子

4

ごろつき仲間が向かい合う
水平線のやじろべえ
広げた両手は窮した証拠

わかこ

5

この三角野郎《さんかくやろ》はスルメでしょうか
味がなくなるまで噛んでいる（噛まれている？）
始まったばかりの
おいしい喧嘩を気取るなら
次郎長にも負けないぜ！

真維子

6

母音が拐かされたら
残るのは独りで泣く子音のみ
成長して父音《ふいん》になるまで

ジェフリー

7

朝は四本足　昼間は二本足で歩き
夜には三本足になる動物はなーんだ
という問いに答えたばっかりに
俺は地獄に堕ちたのさ　いま思えば
謎は謎のままあの谷間に煌めかせておくべきだった

喜和夫

8

口車に乗せられたために
まっさかさまに転落しました
目車か鼻車ならまだよかったんだけど

俊子

9

凱旋パレードがけちらしていく文字と意味と音
まみれるがいいよ　泥に闇に生き物の滓に
ふきだまりにはいつも研がれるのを待つ玉
行き止まりには常世の国
翼をつけたひとびとが煮炊きをして暮らしている

わかこ

10

かさかさとレジ袋を手に　石の時代の来客がベルを鳴らす
息をのんだのどに声が入って
私はあなたのかたしろになります

真維子

11

同じところに傷を付けて同じところを奪われて
のびていく黒髪であなたの行く手をことほぎたい
ほら食欲が吠え出した
止まらずに走る河さながらに
こんな世の中に生き延びようと

わかこ

12

斃れた肉体から始まる赤い川
中断された生の形見のような川もある
声なき悲鳴を詩の耳は聞け

俊子

13

ちがう　ぼくたちへモグロビンの群れは
部屋から廊下へ廊下から階段へ
みずから流れくだり
さらに路上へ四つ辻へ
そこでキラキラ怒りの微粒となって散るため

喜和夫

14

疑問の森に迷った私たちは　苦難に囲まれてもたじろがない
驚くべきは　私たちの中から流れてくる音楽
真黒な夜に羽根の生えた望みが飛び上がる速さ

ジェフリー

15

たとえば野曝しのベッドを突き破った
スプリングと
宇宙人の交信を見た朝は
割っても割っても
卵が器に届かない

真維子

16

Meg made her dog and her frog dig up the egg of a big bad bird
But the wig wigged out and glided off her head and landed on the egg
In the back of a bog in the smog by a log

メグは犬とカエルに大馬鹿鳥の卵を掘らせた
メグのカツラは気がふれて　すべって卵にのっかった
丸太の脇の水たまりのうしろ　スモッグ注意報の日

わかこ

17

「生首生爪生臭坊主」
歩きながらつぶやく早口ことば
新幹線の中でつぶやく遅口ことば
ぬばたまの夜に欠かせぬソバ殻の枕ことば
眠ってつぶやくのは寝言《ねごと》

俊子

18

餌苦巣多海《エクスタシー》！　右からも左からも
熟れすぎた女のような
祈念の柔らかな岬にとりつかれて

喜和夫

19

聖なる岬に
打ち寄せた波を
数えられる人はいない
荒磯に昇り　また静かに引き
残されたのは石を抱く海藻のみ

ジェフリー

20

その一本を摘んで嗅いで
わたくしの庭に植えておこう
いつか屋根まで育つ　なつかしい裸体のために

真維子

21

モンゴルの博物館に展示された
毛深い生き物の一部
罠にかかった狼は
迂闊な前足を噛みちぎり
ひょこたんひょこたん大草原へ還る

俊子

22

痛かったろう　寒かったろう
清潔な　あなたの靴をはいて
何千年も待つ　というゆめさえも敵だ

真維子

23

ありがたや
きみの夢のなかに入れたぞ
というぬか喜び　いつしか森に踏み迷い
さらにまちがった道を教えられて
以来ずっときみの夢の奥処に囚われのままだ

喜和夫

24

やっとの思いで発掘した古地図は
広げたとたんに霧と散った
水滴のすき間を小さな龍が逃げていく

わかこ

25

うえにうえにと　とんでいけ
ふしぎなかじつ　なるくにへ
ひまがあったら　やれあそべ
ひをはきだして　もちをやけ
ごちそうおえたら　feel free to stay

ジェフリー

26

誰か私の名前を呼んで
誰か私の名前を見つけて
「踊り子」の名はオードリーじゃないよ

俊子

27

じゃあ誰に呼ばれたいの？
手袋を買ってくれたお兄さん
やさしかったお姉さん
いいえ、みんなみんな昔のはなし
故郷《ふるさと》けした　その遠いおもざしに幸せを

真維子

28

わが妹沙羅マリア沸き立つ
逆富士のように子宮を揺らしながら
わが妹ジュリアーナ星はるか沸き立つ

喜和夫

29

打ち込んでくれるなら花火だっていい
焼けたホトから生まれた神々
地上に放てば　それがあたしの役回り
見えない桜が吹雪《ふぶ》いてる
やせたむくろを抱きしめるみたいに

わかこ

30

武甕槌《たけみかづち》さま　陰に植えたる要石を捧げる
地の災い　水の災い　恋の煩いから
われらを守りたまへ

ジェフリー

31

56万カンデラで海原を照らす
レンガ造りの白き塔
灯台守りはもういないけれど
喜びや悲しみは
幾歳月《いくとしつき》も続く

俊子

32

いくら螺旋階段を下りても　幽霊は
　DNAの曲線を辿りなおせないが　いまでも
　　躰に隠っていた記憶は　微熱のように燃える

ジェフリー

33

熾《お》き火をかき出すふしくれの指
1よりほかの数字は幻だ
水にも鳥にも持ち主はないから
この火も彗星の尾を継いだもの
もしかするとことばさえ

わかこ

34

それゆえに水の母のゆらぎがあり
かすかな鳥の洩れがあり
なかんずく素数めく胎《はら》の子の影が遊んでいる。

喜和夫

35

ひたり　後方歩行の　影法師がゆく
隧道《ずいどう》ですがたを晦《くら》まし
彼らは
光の衣を編んでいた
そうやって人間になって出てくるという

真維子

36

霜月を過ぎれば師が走る月
ひたひたひた　したしたした
赤ん坊は這い這いをするようになりました

俊子

37

蓬莱橋を渡るうち
くたくたになるだろう
籠を背負い直して
茶畑から目を上げるべき
先はまだ長い

ジェフリー

38

すんでのところで戸板を返せば別れ汚いあたしたち
誰でも知っているでしょう　途中がいちばんいとおしい
ひこうき雲をひっぱって　切り裂いていく三次元

わかこ

39

そうして時間が加えられるとき
われわれは真に結ばれてあることを知る
カオカオカオカオカオ
ほら窓へ雨粒が嬉遊曲のように
ふり撒かれ輝いているよ

喜和夫

40

重なっていく　あの土肥の山で
一粒の砂金を見つけた子どものほっぺ
混沌の中から　キララの詩を見つけた私達のほっぺ

真維子

解説

第1番〜第5番

ジェフリー：第1番の指名にかなり不安な始まりで（笑）。前日、井上靖記念館で見たノートを思い出して書きました。万年筆のやわらかな字がまるで「糸」のようで。「大地」はグランシップの中ホールの名から。いい言葉だなと入れました。

喜和夫：そういえば自分は一度もここグランシップを織り込んだことがない。情けないと思っての「ヒガシシズオカ」です。初日はちょうど休館日で「裏口」から入ったのは切なかったですね（笑）。

俊子：ジェフリーに応えて「糸」が入る漢字二つから始めました。「ヒトリシズカ」は「ヒガシシズオカ」の片仮名から浮かび上がった音に似ているところから。連詩は共同作業だけど、自分の番では一人静かに作るものですからね。

和歌子（わかこ）：「ヒトリ」「荷」「惨」「しらない」と数のボールが投げられたので「ごろつき」「仲間」「やじろべえ」「窮」と全力でキャッチ。野村さんの「海」に応えての「水平線」。「やじろべえ」は揺れ続ける私たちであり、そのバランスを取る野村さんでもあるんですね。

真維子：「ごろつき」から「任侠」、国定忠治の世界で「三角野郎」と。さらに「三角」という形から「スルメ」。連詩は対話であり、ある意味「喧嘩」でもあるのかなと思いました。

第16番〜第20番

和歌子：前の詩の「卵」はいろんなイメージを触発してくれる言葉ですね。ジェフリーがここにいる意味、その楽しさを前に出したくて、彼と二人で作った早口ことばです。時間がかかってしまって俊子さんに肩を叩かれました。

俊子：卵の「早口ことば」といえば生麦生米生卵。でも、卵が続いたので別の言葉にアレンジしました。「遅口ことば」「枕ことば」と続いて、最後は「寝言」。

喜和夫：恋の座、エロスの座は僕の役目みたいなところがありまして（笑）。「生臭坊主」と来たので、ここかなと。でも、この後、女性たちが僕の上を行くエロスを展開してくださいまして（笑）。

ジェフリー：そういう意味では私は野村さんを裏切ってしまいましたね。幸せの時間の後の孤独な時間。何も残っていない虚しいイメージです。ただ、真維子さんが「海藻」をベッドに残る陰毛と解釈してくださったようで……。

真維子：いやいや、ジェフリーさんにそう説明していただいたんです！　人間の一部を植物のように「植えて」育てる一連の動作が思い浮かんでの詩です。でも、なぜ「嗅いだ」んでしょうね（笑）。

第36番〜第40番

俊子：前の詩を受けて、ここで何かを誕生させたくて「赤ん坊」と。それは連詩のことでもあります。「したしたした」は折口信夫の『死者の書』に出てくるんですけど、それにしても「這」という字は「言」に「辶」なんて面白いですね。

ジェフリー：『死者の書』は実は今ちょうど翻訳しているところなんです。「ひたひた」「したした」に「くたくた」と続けて。これは赤ん坊へのアドバイスみたいなもの。資料で見た「蓬莱橋」は、いつかぜひ行ってみたいです。

和歌子：連詩の流れのなかでジェフリーと卓袱台返しをしたことを「戸板を返せば」と。「ひこうき雲」は時間をひっぱりたいという名残惜しい気持ちを男女の関係に転換しました。

喜和夫：「三次元」に「時間」を加えると四次元になることから。折しもこの詩を作っているとき、外は嵐で、窓に吹きつける雨粒が光に照らされ分散する様子は実にきれいでした。その窓に映っているのが我々の「顔顔《カオカオ》……」。

真維子：重いお皿を回して「一粒」を見つける砂金とりを連詩の作業と重ねて。寂しさもあるけれど、深いところで再会を信じられる気持ちもある。だから、最後に喜びを書きたいと思いました。

水際をめぐる車輪　の巻

石田瑞穂
福間健二
文月悠光
三角みづ紀
野村喜和夫（捌き手）

創作
２０１３年11月21日（木）起
同月23日（土）満尾
於グランシップ12階特別室／羽衣ホテル西の間

発表
２０１３年11月24日（日）
於グランシップ11階会議ホール・風

1

手のひらに泉をひろげて、まるく抱《いだ》く。
視線は水際をめぐり、わたしの瞳に再び帰る。
底を見抜いてはならない。
車輪の連なりがわたしたちの街を貫通していく。
光を運び去るために。

悠光

2

そしてすべては初めて起こる　旅発ちの神話のように
ウィスキーの金の漣が　胃の腑の海を吊り上げると
瞳に水がたまる　悲しいのではない　ただ肉体が悲しんでいるだけだ

瑞穂

3

なぜ?
なにが?
いつ?
どこで腑に落ちるというのか、
どう感じたかなんて聞かないで。

みづ紀

4

わかったと思う。その瞬間に
大きくなろうとする岸辺の謎を
遠くから移ってきてはねかえす人々がいる。

健二

5

移る映る
ウツルうつうつと
わが鬱の日へと
メキシコ原産のキク科の
晩秋の青空にこそふさわしい皇帝ダリアが

喜和夫

6

花のかんむり編む人は
雌しべを裂いて待ち暮らす。
種蒔く人が目を覚ますまで。

悠光

7

投げる、ことを教えてくれた
駿河の河よ
pi- pi- choppi- 水切り石に咲く無限無辺の種よ
言葉の幼年をまあるくにぎれ
水と空の切断は永遠につづく

瑞穂

8

戻ってきました　一瞬にして
丘があなたを生みました
あなたが丘に着水します

みづ紀

9

好きなだけ食べてよかった
でも、静かな丘
できることもできないこともある
わたしたちと
わたしたちから生まれるものを黙って見ている。

健二

10

その　向こうは　誤謬の
父の　野　母の　遠さの
黄昏　だがまた　うすうすと　始まる　交尾

喜和夫

11

記憶のなかの美しい野に父と母を休ませて
ゆうぐれの東静岡駅から子どもたちは見る
黄色い灯りがならぶ人間社会
そんなに怖いことばかりじゃないから
クマの赤ちゃん、出ておいで！

健二

12

そうして膨張した西日。
はだかのひとが、
はだかになれないと言い残す。

みづ紀

13

結局はインディゴ
焦がれるような　ダークインディゴ
街はゆったり蒸発して
ぼくらは　星に映りだした星で
おかしなことばかり自問していた

瑞穂

14

暗闇をすばやく嗅ぎわける。
行き止まりを夢見て、お前
胸ポケットに飛び出しナイフをあたためる。

悠光

15

殺すつもりなんてなかつたんだ
まだ残る血の匂ひ　流れ出た声の砂
ただ肉を貨幣のやうに交換できればと思つてゐた
飛びとどまる身柄　泥のうへの法医学
といふ悪夢からさめて　さうだ今日は羽衣のやうな詩を書かう

喜和夫

16

松林と砂浜とおおぜいの人たち
殺人の夢を見た男も浮揚する娘たちもいて
新しい島が煙を噴きあげている。

健二

17

火山にたちかえるから。
まぶしくて　反射して
書物の私生児たちが
カメラを放りだす
大凶ほどの幸福

みづ紀

18

さまよう獣の犬歯のうえで風が光が針葉がダンスする
地表すれすれに母の舌をたらして　歩け　祈れ
歩くことは祈りだから　砂紋の神楽を抱いて

瑞穂

19

流木の折れた翼で
砂浜から仮名を掘り起こす。

背にしなやかな衣がおりてくる。

振り向けば赤富士の根。

「百年はもう来ていたんだな」

悠光

20

でもこれからも語り継ぎ言い継いでいこう
はるか赤人を想起しつつ
この名状しがたいミホのたわみを

喜和夫

21

と、父が言う
（あるいは父性が背をまるめて）
比喩ではなく　発してみる
きれいだった
きれいだ

みづ紀

22

子よ　現在とは未来へと折り畳まれたのち
ほどかれてゆく過去にすぎない　だから脊椎を
沈黙はのぼりつづけるのだ　いつまでもいつまでも

喜和夫

23

松風から帰る波に刺青された千年の薔薇
遠ざかる家族の世紀に
スロウボートはどんな磁針を持つのか
どの現在にも　青から紅へ
神なる山は自由に燃焼する

瑞穂

24

だめなんだよね。可憐な人の
瞼のなかに自転車で迷い込んでも
あの山に見つめられているだけでは。

健二

25

誘われるまま輪に加わって
焼けつく波で洗う喉骨。
わたし、また会いに生えてくるのよ。
たもとを振って合図する
海ぼうずの恋人。

悠光

26

日々
あいしていると伝える
とばりの裾に触れた

みづ紀

27

ホテルの高層階では
真夜中のりんご　それは卵かもしれない
真夜中のきのこ　それは人類かもしれない
とそこまで心が解き放たれたとき
不意に私の部屋を　ノックする音　逸楽のおとずれ

喜和夫

28

もすもし　いま　しじん?
かぜのぽすと　はいじゅ　つながらなひ
こおる　しじします　かしこ　やまねこ

瑞穂

29

でんぱのかわりに風のささやきが
ネットワークをつくる枯草通信局
勤めはじめたばかりの彼女
ある日、詩を書きたいと隣の枝に言う。
だれにも抱きしめられない風の精になって。

健二

30

つかまえてあげる、崖の下で。
抱擁の証として、あなたに
黒いライ麦パンを握らせる。

悠光

31

鳥がおとずれてしまう
声を聴く
みなが正しくわらってくれますように
最高の終焉まで
ふるえながら　あと幾日か

みづ紀

32

絶えそうな火に手をかざす。
岸辺にろうそくを集わせて
五線譜の名もない橋をあぶり出す。

悠光

33

その手をつかみ、あなたやわたしという人間の
弾き方がわからなくなって
目をつむったさびしさの先にひろがる
幸福な空間。そこに架けられた橋を
ラッキー・スペース・ブリッジと名づける。

健二

34

草の竪琴を奏でながら
心には輪郭もなければ　行き止まりもない
虹でできた国境を渡ったら　幸せになれますか？

瑞穂

35

出発は馬頭　酔いどれの馬頭
馬の頭のかたちをした雲とともに
きみの肩をかわし　青い絹の調べを抜け
移動天幕の幾何の美しさも超えて
ああ　われわれの行為はただ出発においてしか輝かない

喜和夫

36

そう、感嘆が射す
かぼそいひとは
ためらいなく舞う

みづ紀

37

それは語りの舞。
からだじゅうに刺繍され、
気まぐれに舌へと達する。
すかさず受話器を引き寄せて
きみの鼓膜を踏み切り板に。

悠光

38

東京から西に百マイル
耳と距離だけになった夜を
だれの体の音がさまよっているのか。

健二

39

そして　闇の水際の先に　嵐の静かな虹彩が
　宙を漂っている
　　ああアイリス　奇妙にまぶしい無音の娘よ
　　　言葉の崖　声の海原を
　　　　少しずつはがして　光の自伝が戻ってくる

瑞穂

40

陸を行くこの静謐の船にも
刻《とき》がわきたち　喜びの潮がみちてきたようだ
ふくらかに瑞みづしく　また悠々と

喜和夫

解説

第1番〜第5番

悠光：連詩全体の始まりなので期待を込めて書きました。「泉」はスマホのイメージ。大学の講義にあった「五人が新しい神話を書く……」からの連想です。抽象的なナルキッソス神話と、静岡新聞のコラムにあった「五人が新しい神話を書く……」からの連想です。抽象的な始まりになりました。

瑞穂：抽象的な始まりを具体的な展開に。水のイメージでギリシャから現代へ「神話」をつなげながら、「連なり」を「漣」に。ちょっと前に久能山東照宮から見た夕日がなぜかウイスキーになってしまいましたが。

みづ紀：前の二つに情報が多いので一度立ち返るというか……。全部で四十編、一人八つの詩を書くという意識を消したかった。けれども私はまだ何もわかってないから「聞かないで」と。

健二：前の詩の「なぜ?」「なにが?」「いつ?」に「誰」が抜けていたので「人々」に。日本語は主語が抜けても成り立つのが特徴であり、危うさでもあって。主語が入れ替わると面白いかなと思って。

喜和夫：ここは福間さんの「移る」をいただいた言葉遊びですね。この語は含蓄の深い言葉で大岡さんも日本文化にとって決定的なものを形成していると。「メキシコ原産」の「皇帝ダリア」は静岡新聞に掲載されていた写真から拝借しました。

第16番〜第20番

健二：ここから三保ですね。朝のトップニュースは小笠原に新しい島が発見されたと。前の「法医学」から「殺人の夢」に。これは殺人者は野村さんで、「羽衣」から展開した「浮揚する娘」は女性二人。遠くに伊豆半島が見えてました。

みづ紀：私は鹿児島で桜島を見て育っていて、今回富士山を見て、どこに行っても「火山にたちかえる」のだと。好きな寺山修司さんの詩の中に「法医学」という文字があり、その作品のタイトルである「書物の私生児」を用いました。これは私たち五人のことです。

瑞穂：ホテルの石舞台に腰掛けて考えてみると、天女はもう降りていると。それで大地を這う獣にしようと。

「私生児」を「母」で対比させ、「反射」から「光」に。「カメラ」と「神楽」で韻を踏みました。ちなみに英語で「母の舌」は母国語のことです。

悠光：三保の豊かな風景に溶け込んで書くのはなんて幸せだろうと思いました。ホテルの女将さんの「百年前の人たちがこの風景を守ってくれた」という言葉が印象的で「百年」と。最後の一行は夏目漱石の『夢十夜』の台詞から引用しました。

喜和夫：万葉集の山部赤人の富士山ゆかりの長歌から「語り継ぎ言い継いでいこう」と。「ミホ」とカタカナにしたのは、三保以外にも連想するミホがあるかなと（笑）。軽くつけた三行ですね。

第36番〜第40番

みづ紀：「かぼそいひと」はグランシップの担当の人。やさしい人だけど、最後は「ためらいなく」去っていくだろうと。これで終わるのは淋しいけど、私もそうしようと。この潔さのせいで文月さんが苦労したんですよね。

悠光：短くシンプルな言葉をどうつなげようかと悩みました。私たちが踊る「語りの舞」は、「からだ」の中から独り言のように「舌」に伝わっていくものだと。その声が鼓膜の「踏み切り板」に響き、他者の身体へ飛躍してくれたらと考えました。

健二：例によって創作のために出歩くとすっかり暗くなっていて、声と音だけが頼り。東京から歩いてきたような気分になっていたし、ちょうどロックを聴いていたので「マイル」になりました（笑）。

瑞穂：文月さんも三角さんも役目を終えて「無音の娘」。最終コーダに入ってきたのでトーンを下げる気持ちで、一行ごとに頭を下げる工夫をしてみました。

喜和夫：石田さんの4行目、5行目で着地したなと。ここは余韻にすべく我々の名前を入れ、言葉遊びで締めくくりました。

光の館　の巻

大岡亜紀
覚和歌子
木下弦二
東直子
野村喜和夫（捌き手）

創作
２０１４年11月13日（木）起
同月15日（土）満尾
於三島市民生涯学習センター／大岡信ことば館

発表
２０１４年11月16日（日）
於大岡信ことば館

1

絶え間ないせせらぎの都に
光の館は鎮まっていた
扉はひらかれるために
椅子は集うために
そしてことばは手渡すために

和歌子

2

やしろの空を鳥たちが渡っていく
やわらかく結ばれた集合体は
風を孕んでふくらみながら

亜紀

3

漁師が船を岸につけ、山は青く見える朝
電車から吐き出される男たちが胸ぐらをつかみ合う朝
少女が家出の中止を悔やみ、母が園児の鼻をかむ朝
吸い込んだ光を　私は放つ
それは　まだ　ふるえていたが

弦二

4

たしかに人はどこでも死ぬことができる　インドでは
路上の骸を写して　犬に喰われるほど自由だ
とキャプションをつけた写真家もいた

喜和夫

5

樹海にうかぶちいさなゆびが
あれをとってきて、と言います
とりにいきたいとおもいます
こんなにお天気がよすぎて
こんなに海がふかくて

直子

6

青空の底にめぐる
海流を追いなさい
ふたつの足がひれに変わるまで

和歌子

7

古民家をいだく庭園で男は
大木の根につまづいて知ったのだ
これまでの歩きかたは
正しかったのだろうか
月はしろじろと浮かんでいる

亜紀

8

水が澄んでいると
水かきもよく見えて
水鳥ははずかしい

弦二

9

隠すことから始まるこの素晴らしき世界
アダムとイヴも
山梨側の富士も
あの日のメルトダウンも
そして詩の言葉のほんとうの意味も

喜和夫

10

ちちのみの父は声をあげているははそはの母しゃがむそのそば
柿の実が地上におちる瞬間にしあがっている君の似顔絵
白い首、白い手足をふとのばし三つの島のひとつにふれる

直子

11

タコのオスの喜びのない射精
のことを考え泡から出るヴィーナスに
戻れ汝の生誕のまえまで戻れ
とわめき想像の悪循環のなかでのたうつ
全くもって誰なんだこの俺は

喜和夫

12

ああ　それは私の声です
方々にぶつかって形はだいぶ変わってますが
いつかの私の叫び声です

弦二

13

まなざしの
ゆらぎあらはに
言ひかはす
きみのその影
踏みしめるわれ

亜紀

14

いなくなった日は朝から雨だった
まっとうな河童だったと信じたい
胎生か卵生かはとうとう教えてもらえずじまい

和歌子

15

あたたかいご飯の上に
花びらのようにしらすを散らし
大根おろしは陽に透けている
昨日会ったばかりの人の　名前
すすきのすすきのすすき野原よ

直子

16

遁走する名前を追って
想起の網の目がひろがってゆく
スクナビコナでもないしオトタチバナでもない

喜和夫

17

室と書こうとして
空と書いてしまう
ケシゴムで消して
また書いてしまう
今日は風がつよいです

弦二

18

けものたちは鮮やかに　なおも息づいていた
三万二千年前　洞窟にいた画家の
写しとる歓びに満ちた筆致のなかで

亜紀

19

あなたが狩りに出かけたので　わたしは米を煮ました
昔　すかいつり　と呼ばれた朽ちる塔の足もと
立ち寄った旅人が　また人が減ったようだと言いました
あなたが黙るので　わたしのことばも減っていきます
忘れたくないから　うたにしてくりかえすけれど

和歌子

20

日本一高い山が毎日見える窓の中の客人は
マグカップに泡立つ抹茶ラテをたたえて
千年のちの冬の夕暮れに捧げるナイフを研いだ

直子

21

茶畑の　こんもりと
撫でて見ようと手を出して
近づいて見れば大きくて
身を投げ出しても
包めやしない

弦二

22

脱皮をすませた蛇たちがまどろむ真夜中の
郵便配達夫はうすいまぶたをふせて
夏服の少女のくるぶしの白さを反芻する

直子

23

あわい色をした桃の
重さとうぶ毛を感じつつ
剝こうかどうか迷っていた
隣に坐るきみの吐息は
「はい」の合図だった

亜紀

24

うぃ　芽　あ　舌《タン》　あん　藻　まん
羅　にゅ井　枝　あっ背　長い《ロング》
眼　出ぺ朱　永遠《とわ》

Oui, mais attends un moment
La nuit est assez longue
Mais dépêche-toi.

喜和夫

25

睦言が途切れたら　繭になりましょう
そろいの羽をたたんだ眠りのふちで聴く
長距離列車のきしみ
やがて経度を追いかけるように
夜の蔦が地球をはがれていく

和歌子

26

ここからだと　橋を渡る列車の中の
どれがあなたか　わからない
あの紺の服　あれに決めよう　手をふった

弦二

27

うちの奥さんフラワーアレンジメントの講師なんだ
へえ
小さな穴のあいた岩の中を　清潔な湯が通りぬけてゆく
赤ん坊が泣いている　生まれたことを泣いている
筆の先からしたたる絵具

直子

28

森ひそやかにはぐぐみて
あをあをとひろがる
ひこばえの夢

亜紀

29

みるべきものはつねに隙間にあらはれる
あれはいつのことだつたらう　木洩れ陽を浴び
それを恩寵のやうに感じた不思議に
うたれてゐたそのとき　樹間の向かふに
燦然と羽衣をひるがへす《彼女の薫る肉体》をみた。

喜和夫

30

なおらない衣裳フェチだろうが
婚活にくじけた末のやけくそだろうが
そもそも愛は泥棒なのだから

和歌子

31

もうね　病気なのよ
ホームズが好きになるとね
もう　全部知りたいし　集めたいのね
それでさ　コナン・ドイルより偉くなっちゃって
「マザリンの宝石」はニセモノだっ　なんて言ってさ

弦二

32

何人子どもが生まれても贋作のような気がするので
11人目でとうとうサッカーチームを作るしかなかった
本気を出すと　これがけっこう強い

和歌子

33

ペナルティーキックを待つゴールキーパー
だけではない　ウラジミールはゴドーを　星は星の爆発を
そして納屋は放火魔によって火をつけられるのを　いまかいまかと
待っている　その息苦しさではちきれんばかりの
いまここ　それが宇宙だ

喜和夫

34

二百余年を経てよみがえる
エジプト文字をひらいた鍵
その名はロゼッタ　彗星をひもとくために

亜紀

35

ガラスが夜の鏡になるとき
中間子同士が協力しあって
新しい白い延長コードを圏外へのばし
充電が終わるまで
狛犬のあくびをながめる

直子

36

まっすぐ歩いてます
時空が重力で歪んでいるから
まがって見えるけど

弦二

37

のぞきこんだりふれたりそらしたりしながら
つれそっていてくれるもの
ときめきのいのちづなのかたはしを
はなさずにいてくれるもの
みえないけれどいちばんまぶしいもの

和歌子

38

がらんとしたきょうの私たちに
あすの誰かが入り込み　私たちの内なる壁を
ごらん　なにやらすてきな落書きで埋め尽そうとしている

喜和夫

39

抱きしめたくなる　いつでも
ふるえるように流れる調べ
響くようにかがやく色
いざなうようにつづく道
あなたと踊る　かろやかな時間

亜紀

40

音が止み、布がひるがえる
神様の瞳から汲み上げたうつくしい水を
それぞれのてのひらでうけとめる

直子

解説

第1番〜第5番

和歌子：明るく寿ぎ、世界を拓いて前進させるのが第1詩の役割。「せせらぎ」は水豊かな三島、「光の館」とはここ大岡信ことば館。聖なる存在であるとして「鎮まっていた」と字を当てました。「扉はひらかれ」、心だけで移動する物語が始まるということです。

亜紀：「やしろ」は三嶋大社です。その上空を飛ぶのは私たち。「集合体」として自由に動きながらつながっていきましょう、という意を込めています。

弦二：静岡で漁師をしている友人がいて、「少女」は私の娘、「母」は妻、「園児」は息子。読み返すと、この詩は、一体誰に届くのかという思い。深いところに抱えている社会や自分自身に対する憤りが滲んでいるような気がします。

喜和夫：ここまで光を基調としていたので、早いと思ったけど、闇の部分へ展開しました。前の詩に「山は青く」とあり、「青山」はお墓の意もありますので死に場所をテーマにしようと。ちなみにこの写真家は藤原新也です。

直子：「インドの骸」から静岡に戻って「樹海」へ。鬱蒼とした樹海は濃密な命の集まりであり、死の集まりでもあると。「あれ」は何かと聞かれましたが、あれはあれですよ、と。座ではしばらく「あれ」が流行りましたね（笑）。

第10番〜第11番

直子：私は歌人ですので、楽寿園で見たものをモチーフに、短歌三首を入れてみました。「父」「母」も「白い首」「白い手足」も実はアルパカです。「君の似顔絵」は、パラレル連詩★に描いた野村さんの顔なんです。

喜和夫：格調高い短歌の次に申し訳ありません（笑）、アルパカの「父」が「タコのオス」に。見知らぬ誰かが書いたんじゃないでしょうか（笑）。

第17番〜第19番

弦二：字に落とす前に歌が書き上がっている場合があって、音の自由さを文字にできないことがあるんですね。その逆に、字でしか伝えられないこともある。

これは今回、字を書き間違えてしまったときの自分の話です。
亜紀：私は絵を描いていますので、「書く」を「描く」にふって洞窟画に。これは躍動的で生々しい筆致に感動したショーヴェの壁画のことです。
和歌子：前の詩が三万二千年前なら、今度は今から三万二千年後を書こうと。宇宙と同じように、文明も収縮と膨張を繰り返すのであるとすれば、「人」も「ことば」も減った世界になっているかもしれない。今の地球への警告のようなものを込めました。

第36番～第40番

弦二：時空が曲がっているから光が曲がって見えるけど、光は本当はまっすぐなんですね。へそ曲がりに見えるけど、自分はまっすぐなんだと、そんな気持ちを書きました。
和歌子：前の36詩が挙句（最終句）に向かって歩いているイメージだったので、37詩は三次元から四次元にして連詩の神様に登場してもらいました。パソコンを「のぞきこんだり」、そっちじゃないと行き先を「そらしたり」するのは、連詩の神様だったり、私たち五人のことだったり。
喜和夫：大岡信さんが連詩は普段の自分を空っぽにする必要があると言っていました。自分で一杯だと神様が入る余地がないですよね。これは連詩を書いている我々の状態。「落書き」はパラレル連詩のことも指しています。
亜紀：前の素晴らしいイメージをどう次に渡そうかと考えました。普通の文脈では成立しない部分も、私の生理的な感覚の表現になっています。
直子：前の詩に森の中で踊るシーンをイメージしました。楽しい踊りに幕を引く「布」は、新しい世界を広げる扉でもある。「神様の瞳」は三嶋大社にいた鹿、そして、その瞳に湛えられた「うつくしい水」。第1詩で覚さんが書いた「扉」につながり、「水」は最初の「せせらぎ」につながっています。

★ パラレル連詩＝「光の館」を核とする言葉の数々と、そこからの連想をもとに、全員で描いた平面作品。

明るい浦に鳴る音　の巻

岡本啓
覚和歌子
町田康
三角みづ紀
野村喜和夫（捌き手）

創作
２０１５年11月５日（木）起
同月７日（土）満尾
於クリエート浜松／舞阪協働センター

発表
２０１５年11月８日（日）
於クリエート浜松

1

そうですよねぇ、私の犬がどこにいるか教えてくださいって言ったら
そこにいるよ、って教えてくれた人が出発しました
ほのぼのと明るい浦を出発しました
そのとき鳴る音はどんな音だったでしょうか
あなたはそれをわかりやすく舐めてください

康

2

人々が運ばれる振動
あまりにまぶしくて
満ち引きで舌が痛い

みづ紀

3

いろんなものを捨ててきた　あるいは奪われてきた
ような気がする　肉を踊らせたあの騒擾の記憶も
サキソフォンの優美な曲線も
いまは遠い　でも母なる言語だけは残る
残るだろう　たとえ廃墟のような街に放り出されたとしても

喜和夫

4

口をおおきくあけた
億年の風が　いきものの臭いを　はげしく南東へはこんでいった
樹のこえはかききえた

啓

5

海にたどりつく頃には
歌であってほしい
ついえることをはじまりにして
懲りない逃げ水のように
生まれる方へ　生かす方へ

和歌子

6

オーボエに望んだら腰蓑がまちがえた
生涯の熱が噴出した
顔をちかづけて夢中で吸った

康

7

吐いたら　響きます
そろそろ信号ラッパ
耳をふさいだ午後の
陽光は　平等に降る
生存期間は関係ない

みづ紀

8

そうなんだ　かつていたるところに生命があったので
八十六歳で子をなした大実業家から　森の樹液のレストランの
カナブンやカブトムシまで　絡みもつれ繁茂する生命があったので

喜和夫

9

誰の歯形なんだろう
胸はしずかだ　閉館まぎわの図書館のように
不思議と唾液は苦い
この鉛筆は木だった
するとぼくらはずっとどこにいたんだろう

啓

10

浜名湖の底に眠る
プレキオサウルスが前世だった
大腿骨は　おだしを取られる前に化石になって

和歌子

11

また上空で轟音がうごいてる
無数のスズメがやわらかな手になって
何度も空を殴る
ほとんど空はおおきく揺れ　いくつにもわれたからだが
ばらまかれる

啓

12

ぼくの想像のなかの鳥は墜ちない
たとえ死んでも　はばたきを灰のように散らしながら
うっすらと浮かぶ雲にまぎれてゆくだけ

喜和夫

13

五月吉日にきみは願っていて、
浜松駅で初めて下車しました。
カフェザイールで朗読をして、
おそらく晴れてて曇っていて、
羽にまみれて　微動だにした。

みづ紀

14

生きず死なないスキャットが広場にひろごり
顎をガクガクさせてエールを送って
六月前なのに毛髪がドシドシ脱けました

康

15

暗闇の真綿が低くうなって夢をしめつけていましたが
熱が出せて汗がかけたからしめたものです
気のせいか爪も伸びたようです
あっち、と指さす先には弁天島があって
四人の後ろ姿が遠ざかっていきます

和歌子

16

やっぱり、そうだ　口ごもるとき
顔はつよくひっかかれている
ゴミ袋がやぶけて、朝のひかりがもれる

啓

17

仲直りして
愛を交わしたあとの
あなたの腰ブラボー
床へ厨房へ
あいうえお、あいうえお、のように

喜和夫

18

ひきつづき言葉の操練
青は青でいっぱいだが
航空機も連なっている

みづ紀

19

わたしたちが協同して脱穀して
再び集めた米や麦は誰のためのものでしたか
つはものが共同して脱魂した仏頭が
たくさんの利息を請求しています
大敗の渚でわたしにはもうなにもわかりません

康

20

新曲のタイトルは「残高照会」
バンドの名前はアフィリエイト
夢見るワールドツアー　週一の英会話

和歌子

21

白砂青松のこの地に
楽器づくりの音がひびき始めたのは
いつの頃だったのだろう　ふと人生の最後には
ラヴェルのボレロを聴くんだと思いついて
波光きらめく果て　すべての楽器たちよ

喜和夫

22

くりかえしの呪力
円環の恍惚
修羅と祈りは　尻尾を食い合う二匹の蛇

和歌子

23

月は欠けて膨らむのだからと
唱えながら水面を正している
いっせいに乗りこんで沖へと
過ごすため息するための小舟
漂う血の上を漂う小舟の群れ

みづ紀

24

ナイフですばやくこじあける
ひとつだけ、かるくてからっぽだった
かわいたカキの殻が　暗い宇宙にわすれられていた

啓

25

すみません、忘れ物ですよ、って親切に
声をかけたのに半泣きで逃げていく
どう思います？ひどくないですか？
と問うたのに鹿十して答えぬ内府
おい、内府、そのマティーニ、ちょっとやめてもらっていいですか

康

26

酒精はめぐる　めぐりにめぐるよ　こんな汚れた地球
立ち去るにも値しない　とかつぶやきながら　ピートから竜舌蘭へ
竜舌蘭から棚田の稲穂へ　酒精はめぐる　めぐりにめぐるよ

喜和夫

27

スタジアムは縄文の村の上に建っている
むかし弔いの幡を舞わせた風のわだちを
銀のボールが無邪気になぞる今
守りたかったゴールをまちがえて　わたしたち
夕陽を後へは引きかえせない

和歌子

28

天に触れようとしてたがいました
あたらしい童を抱いて花をそえた
はためいている重力に呼ばれて暁

みづ紀

29

若枝で丁寧に名前を綴る
町田さんが指さした幽霊駐車場で
きみはだれ、と尋ねられた
ぼくらは誰なのか　きみの幽霊の瞳にも灼きつくのか
気がつけばいつも地上をふみしめている

啓

30

そこで、ない脚となかった膝を撓めて跳躍
したら捻挫。でも大丈夫、何度でも聞いてあげるし、何度でも生まれてあげる
ソンブレロのごと赫奕として

康

31

脱臼フェルマータ
疱疹カンタービレ
肥大ピアニッシモ
膿腫カルボナーラ
and 多淫ヴィヴァーチェ！

喜和夫

32

よろこんで、こころから、どんな指示にもしたがいます
汚れた唇で不合格になった魂をぬぐってあげましょうか
あのひとの歌って豚の浄瑠璃だよね、って、言われても

康

33

泣きじゃくり　踊り上がり
いつのまにかここにいた
砂丘ではいっさいが凍えている
しゃがみこみ目を凝らす　かすかに、ほら　砂つぶが
ちいさく飛びあがり　指のあいだを移動していく

啓

34

わたしが描いた紋様ならばすばらしい
たやすく感動しない自分がさみしくて
ふるえて　共鳴せえへんかってしたい

みづ紀

35

洗い晒す　調律する　明け渡す
私でないものの通い路となる
いまわのきわを　今として
さよならとふたり　連れ立って
暗渠を河口へ向かう

和歌子

36

いまや全く自由であろう　汽水のひかりを浴びて立つそれを
見知らぬ分身と呼ぼうと　不眠の蟋蟀と呼ぼうと
ぼろぼろのオルフェウスと呼ぼうと

喜和夫

37

中央の餅や楕円形
コンフィとかになりにける鴨
未来やなんかも木の枝にひきかかってヒラヒラしていやがるぜ
噫、うれしいなあ、こんな午後を生きていられて
色、とけてほどけて、山体も割れ、龍神、マッハで昇天していって

康

38

うろこ雲がせかいにのこった
どこまでもとけこんでいかない一台の車椅子が
光景を支える祈りのように思えた

啓

39

右足を損って
皮膚を裂いて
ふくよかな日
今日に黙礼し
まもなく、雨

みづ紀

40

祝福の速度でたどり着いたものたちの湿った上着
言葉よりも細やかにちぎって
花吹雪

和歌子

解説

第1番〜第5番

康：「注意は特にないが最初らしいものを」と言われていたので、「これからやるぞ」という感じの詩を二つ書いて、野村さんにどちらがいいか相談したところ、こちらになりました。

みづ紀：「出発しました」を受けて、私たちがそれぞれ出発してきた過程を「人々が運ばれる振動」とし、（開催地が音楽のまち・浜松ということで）「振動」に音の意味も込めました。

喜和夫：英語で母語をマザートング（母の舌）と言いますね。そこで、第3詩の「舌」から「母なる言語」としました。

啓：言語を発するのは口だろう、ということで「口」。また「廃墟のような街」でも、人が何かしていてほしいという気持ちがあって、それで「口をおおきくあけた」としています。

和歌子：第4詩が「樹のこえはかききえた」というフレーズで終わっているのですが、始まったばかりの一回り目で、何かがなくなるという方向にいくのをそのままにしておかないほうがいいかなと思って、「ついえることをはじまりにして」という3行目を出しました。

第13番

みづ紀：（第12詩の2行目から）死んでも止まっていない、動いている、と感じました。そこで「微動だにした」としました。

喜和夫：第13詩を見せられたとき、「微動だにした」にちょっとどきっとしました。また、三角さんの今回の作品は各行の字数が全部同じなんです。なので、三角さんのその冒険心とでもいうものもなるべく活かしたいと思い、文法的には間違っているかもしれないけれど、「微動だにした」にゴーサインを出しました。

第29番

啓：この詩を書いた前日、舞阪地区（浜松市）を歩いていたときに町田さんが「ここ幽霊駐車場だ」みたいなことを言っていたんです。それを聞いて僕は、「何だその新しい言葉は。この人は普段からこんなかっこいい言葉遣いをするんだ！」と思って、詩に使わせてもらいました。で、そのことを町田さんに話したら、本当は「有料駐車場」と言っていたらしいんですね。この詩はそういう勘違いから生まれたものです（笑）。

第36番～第40番

喜和夫：（第34詩と第35詩を受けて）私がより私になろうとも、あるいは、私でないものになろうとも、まったく自由であろう、という意味です。そして、そんな風に変容していく私が1行目の「それ」。浜名湖は、淡水と海水が混じり合っている汽水で、その状態が、私と私以外の何かが混じり合うというメタファーになると感じ、汽水という言葉を使いました。

康：連詩への通底したイメージがありまして、それは何かといえば「噴出」なんです。地面が割れて何かが噴き出してくるイメージ。それが最後の行につながっています。あとは、龍神を出したいなという話があったので、ここで出しました。規模感を大きくしたかったんです。

啓：「色、とけてほどけて」とあって、そこに何か溶けてないものが一つあれば面白いかなと思い、書いたのが車椅子です。なぜ車椅子かといえば、浜松入りした日に一人で中田島砂丘に行った際に波打ち際に車椅子の人がいるのが見えたから。実際は、人と犬が遊んでいて、それが車椅子に乗っている人に見えただけなんですけど、そういう人工物に、希望に見える部分があるのかなと思いました。

みづ紀：岡本さんが書いた2行目が、人類の孤独のように思えたので、挙句（最終句）の覚さんに静かにパスできるようにと、この5行を書きました。

和歌子：三角さんの第39詩、まもなく降った雨に私たちは上着をしっとりとしめらせて、一同揃って最終連に無事たどり着きました。「ちぎって」が約束する、の意味のダブルミーニングとなっているのは、連詩の幕切れにふさわしいともいえるでしょう。

風の千層　の巻

暁方ミセイ
高貝弘也
髙柳克弘
野村喜和夫（捌き手）

創作
２０１６年11月17日（木）起
同月19日（土）満尾
於グランシップ12階特別室／日本平ホテル

発表
２０１６年11月20日（日）
於グランシップ11階会議ホール・風

1

日は海中より現れて
閉ざしたまぶた、しんとする町を
薄橙と紫で温める
可視へゆらめく風の千層
その三つか四つがここへたわんで触れてくる時

ミセイ

2

富士を食っても下痢しない
這い這いの先に　税と保険と
駿河湾上　ポケモンゲットだ

克弘

3

赤ん坊が泣いて
朧月《スーパームーン》がさらに地球に近づく
底と底とが深くつながっている
巨きな割れ目が揺れて

弘也

4

ルナティックとは狂うことだ
頭全体が途方もなくキーンと張りつめて
そこをたわごとの虹が浮かんだり消えたりすることだ

喜和夫

5

鰻にょろにょろ　三にょろにょろ
黒い筋肉　桶に満ち
一つ掴んで　頭を潰す
おかあさん　ぼく
こんなに逞しくなりました

克弘

6

暗い河口で、シラスウナギを掬《すく》っている
ペコちゃんとサトちゃん人形の間で
また減っている　子

弘也

7

きょうも生殖医療外来のまえをよぎる
なかで何が行われているのか
ひとりよりふたりのほうが世界は深い
ことは知りつつ　行く手に
明日のまばゆい瓦礫のひろがりをみるばかりだ

喜和夫

8

太くまっ白な停止線で
満ち満ちた夢の匂をかぐ
早生みかん、この世の際に打ち寄せ

ミセイ

9

透明な桜エビが汀を走る
兄妹で走る
わたしはおやさいクレヨンで野菜畑の続きを描く
あなたのかがんだ背中を描く
今日は名字じゃなく名前で呼びたい

弘也

10

ベーグルを分け合ふ仲に犬ふぐり
すみれぐさ終電までを居てくれて
ヒヤシンスソファのスペースつい空けぬ

克弘

11

それでまた夏だ
階段をのぼって振りむけば
遠くの向こうでくらげの幽霊
暗い花火と心音がひらき
欲すれば風にも肉体はある

ミセイ

12

抱いた相手がまずかったよ　だって彼女
海に出て帰るところを失くした木枯らしだったんだ
三日三晩責め立てられ　ほらこんなに霜焼け

喜和夫

13

沖の貨物船は日あたりよし
こっちの浜には閉店したコンビニ
感傷さえもないのだけれど
なぜだかやたらに
光りまくる草、草

ミセイ

14

回るよ風車《ふうしゃ》
猫が　けもの道を行った
三つの影にわかれて

弘也

15

望みを捨てて門を通るよ
鼠も鼬もダンテも芭蕉も
ムキムキ男の股をくぐって
旅をするよ　那由多　不可思議
無量大数　星なき荒野へ

克弘

16

数学の時間です　考える人の2乗と地獄の出口との積の9倍
に2倍の考えない人を掛けて6倍の考える人と地獄の出口と
の積で割ると3倍の考える人の2乗に等しい　すなわち涅槃

喜和夫

17

――数えるのはだれ？
うなだれたバッタの精霊が囁く
黄色い長髪を引きずりながら
沼の縁をただ回り続けて
――数えるのはだれ？

弘也

18

バクテリアはよく晴れた日に
先カンブリア代と現代を行き交いわらい
地上全てにぱらぱら降り来る

ミセイ

19

私たちはどこから来てどこへ行くのか
それはわかりきったこと　むしろいまどこにいるかが問題だ
私たちの乗り込む列車に　ここではないどこかが
無数のユリカモメのように飛来して貼りつくので
視界はふさがれ　思考はかき乱される

喜和夫

20

小春日は春の陽気な日ではなく
冬のはじめのあたたかな日を言うのですと
教壇に説く俺を蹴れ　鶏として

克弘

21

人生のゴールに向かって
どんなシュートを決めようか
いや俺が言いたいのはガンで死ぬのがいいか
脳をやられて逝くのがいいかってこと
母の遠さのような濃い黄昏のピッチのうえで

喜和夫

22

高柳さんの服に引っついて紛れこんだのか
創作部屋には窓がない
あるのは愛ばかりだ　綿虫《ワタムシ》よ

弘也

23

手のひらの温もりに怯えてもいたかな
今朝の町には白い水蒸気がのっしり垂れこめ
淡い藍色を吐き出す山に
巡る言葉が
妄執となる鬼となる

ミセイ

24

姉さんは僕に言った「厨子王　あなた　体を大事に
湯冷めに寝冷え　気を付けなさい　蚤虱　悪い女に
あやしい宗教　消費者金融　ブラック企業――」沼に沈みながら

克弘

25

鳥追い唄を口遊《ずさ》み
今でもあなたを待っている
　ホーヤレホ　ホーヤレホ
もう気がふれてもかまわない
あなたが見えなくてかまわない

弘也

26

海鞘と書いてホヤ　小火と書いてボヤ
ついでながら　小心と書いて
台湾語では「注意せよ」　小心間隙！

喜和夫

27

食堂のアンケート用紙の裏にこの詞書を書いています
詩はどこにでも書けます　シソの葉　砂の上
お札《さつ》にはやめておこうかな　そして
詩は焼けても　詩は消えません　ね　野村さん
ことの葉はみなはばたくや火事の中

克弘

28

ああもうとても追いつかない
　バナナは飛ぶしパインは駆けるし
　　みんなみんなどっかいっちゃえ

ミセイ

29

「蛍の光」が流れる　終わりへ向けて
　靴も履かずに　一段飛ばしで上がる階段
　隕石が落ちて　倒壊・壊滅
　すべて焼かれても　足りる
君の鼾《いびき》が聞こえていれば

克弘

30

響け光の疾駆や落下や
雲の切れ間よりやってくるのは
錦の糸運ぶ有翼の人々

ミセイ

31

かくて織り織られてゆく私たちの
日々のよろこび　日々の苦悩
食卓ではその布で口をぬぐいつづけること
いつの日にかその汚れから
うっすらと夢見る詩人の顔が浮かび上がってくるだろう

喜和夫

32

光る軒先で、雀らが転げている
天気雨が降ってきた
あなたはもうすぐ帰ってくる

弘也

解説

第1番〜第5番

ミセイ：発句は、創作初日の朝、宿泊先の窓から見た風景を書きました。今回の連詩のタイトルにも使っていただいた「風の千層」という言葉は、風の中にも冷たいところや熱いところがあって、また、ときには、過去を思い出させるにおいや肌触りが混じり合っていて、そういう多様なものを含んだいろいろな層があるのだという意味を込めています。

克弘：暁方さんの第1番が晴れ晴れとした夜明けの光景を書いているので、その勢いを受け継いで、私も胸を張って始めたいと考えました。そこで、富士山という偉大な存在に対して新しい切り口を見つけてやるぞ、それを消化してやるぞ、という意味で「富士山を食っても下痢しない」というフレーズを放り込みました。富士山からは、浜松出身の自分の幼少期を思い出すのと同時に、今年誕生した第一子の税金や保険について考える機会がありまして、人が社会に組み込まれていく現実的なものを表現しました。

弘也：第3番では世界を垂直軸で広げたいと思い、宇宙から海の底までを書きました。3行目の空白は海と空の間の海面をイメージしています。

喜和夫：空白の行というのは本来タブーでして、少し議論になったんです。でも最終的には「何もない空白も詩ではないか」という結論になり、そのまま採用となりました。空白の行が入ったのは、この連詩の会でははじめてかもしれません。続く第4番の「ルナティック」は前の詩の「月」を受けています。ルナティックという単語には狂うという意味がありまして、ちょっと狂ったところのある我々詩人の頭の中を覗いてみたらどんな現象が起きているのか？と想像を働かせて書いたのが2〜3行です。「たわごとの虹」は詩のメタファーです。

第9番〜第12番

弘也：詩が少し暗い方に傾いていたので、ここで大きく明るい方向へ変えました。5行目では、淡い恋心を書けたかなあと思っています。

克弘：詩らしい詩が続いたので、このあたりで闖入者のように俳句が現れるのも悪くないかなと思いました、普段私が作っている俳句を入れました。通常、俳句は一句で独立していますが、これは一つの恋の始まりから終わりまでをうたった三句からなる連作です。1行目は恋が始まったばかりの初々しい様子を、2行目は終電で帰らなければいけないのを惜しむ付き合い始めたばかりの二人を詠んでいます。3行目は別れた後の句で、ソファに座るときに、つい彼女が座るスペースを空けて端に座ってしまう男の寂しさを書いています。犬ふぐり、すみれぐさ、ヒヤシンスはいずれも春の季語です。

ミセイ：前の高柳さんの詩が、春に付き合い始めて別れた二人の物語だったので、私は別れたさらにその後の話を書こうと思って夏にしました。「くらげの幽霊」は打ち上げ花火の比喩です。花火大会が行われているのに、恋人のいない彼はそれを見に行かずに自宅に向かう階段の途中で振り返って見ている、というイメージです。

喜和夫：前の詩の「欲すれば風にも肉体はある」を受けて、「風に肉体があるなら抱いてみようじゃないか」という悪ノリで作った詩です。ランボーという詩人の作品に「僕は夏のあけぼのを抱いた」というフレーズがあります。この場合は風、そのなかでも冷たい木枯しを抱いたので霜焼けになってしまった、という内容です。2行目は山口誓子の「海に出て木枯らし帰る所なし」という有名な句から着想を得ています。

第27番〜第32番

喜和夫：高柳さんの第27番は連詩に新しい形式を導き入れてくれました。これはいわゆる「詞書」ですよね。

克弘：そうですね。俳句は基本的に一句独立ですけれど、その句の背景や作ったきっかけなどを加えることがありまして、それを「詞書」あるいは「前書き」と言ったりします。詞書は、句と区別するために行頭を一字空けにしたり、二字空けにしたりするんですね。ですから、一字下げて書いた1〜4行が詞書で、一字空けずに書いた5行目が俳句になっています。

ミセイ：バナナやパイナップルはたいした意味がないので説明するまでもないんですけど（笑）、第27番の行頭の文字を下げるという手法に習って、今度は行頭を一字ずつ下げることで、視覚的に面白くなるよう工夫しました。

克弘：第28番で行頭が下がってきたので、第29番では視覚的にも内容的にも少し上げていく必要を感じまして、行を追うごとに言葉自体が上がっていく感じにしてみました。内容自体は少し悲愴的なんですけど、「君の鼾は」に希望とおかしみを持たせたつもりです。

ミセイ：創作三日目にきれいな虹が出まして、それをどうしても書きたかったんです。でも、連詩にはループしてはいけないというルールがあると伺って、第4番ですでに「虹」が出てきているので「虹」という言葉を使えず、かなり悩みました。前の詩に倒壊・壊滅という言葉があり、さらに、この連詩は一度地獄にも行っているので、★天国に上げようと思ってこの詩を書きました。3行目は色とりどりの糸を持つ天使が雲の切れ間から橋を架けるようにやってくるという様子をイメージして、それで虹を表現したつもりです。

喜和夫：第29番が視覚的にも挙句（最終句）に向かってクレッシェンドのように高揚している感じがあって、続く第30番は黙示録を連想させるような壮大な雰囲気を持っています。そこで、第31番は、第30番から「糸」をもらって、織物とキリスト教の聖骸布の伝承を踏まえて作ってみました。日常の何気ない、しかし大切な所作から、詩やそれを作る詩人が生まれるのかもしれない、という希望も込めています。

弘也：前の野村さんの詩で内容的には完結しているような感じがしましたので、映画でエンドロールの後に流れるちょっとした映像のような、そんな余韻を書いてみました。

喜和夫：とても良い余韻ですよね。挙句として素晴らしいと思いました。

★編集部注——第14、15、16番が静岡県立美術館ロダン館の「地獄の門」からインスピレーションを得て作成されていることを指しています。

岡を上りきると海　の巻

大岡亜紀
覚和歌子
谷川俊太郎
四元康祐
野村喜和夫（捌き手）

創作
２０１７年11月9日（木）起
同月11日（土）満尾
於三島市民生涯学習センター／大岡信ことば館

発表
２０１７年11月12日（日）
於大岡信ことば館

1

岡を上りきると海だった
島のうしろに島が隠れている
そのうしろにもまた島が　と
見えない島々を空想する
島から島へ小舟で巡ってみたい

俊太郎

2

はじめて逢うものの気配ほのか
ためらいがちにこころは躍り
先走って風をはらむ

亜紀

3

われわれはそうして
白穂乃香《シラホノカ》という名前のビールを飲みながら
この水の惑星の未来について
いや未来なんかなく　ただ果てしなくひろがる
灰のせせらぎの現在について話した

喜和夫

4

白と黒のあわいに　聖なる磁場がある
丁寧に味わうための
ささやかな非日常がひそんでいる

和歌子

5

生きながら死んでいて
死んでなお生きのびる箱のなかの私たち
素粒子たちがくすくす笑いながら
波がしらの両側に弾けてゆく
あ、一番星

康祐

6

息子がわっと泣き出した　どうしたの?母が訊ねる
理由が言葉にならないから泣くんだと
物理学のPHDをもつ父は思う

俊太郎

7

ウフィツィ美術館のなか
五百年　救い主を支えつづける
筋肉質の腕と靭い眼差し
ミケランジェロは描かなかった
たおやかなマリアは

亜紀

8

目線という言葉は嫌い　眼球は実体として気味悪い
でも瞳なら　言葉としても実体としても好きだ
眼にわらべ　憂鬱の黒い太陽のようなわらべ

喜和夫

9

よかったら二つめの太陽を仰いでみるかい？
ラベンダーの紫色の匂いも
爪やすりのざらざらも
魂だった君が望んだ一度きりの夢なんだから
ただ狂へばいいいんだ　この世を

和歌子

10

信じてもいいのかしら？
遠い国からのお土産つきの甘い囁き
最後に会ったときとどこか体臭が違う気がする

康祐

11

風を意味する語彙がいちばん多いのは
どんな国のことばだろう
いちばん美しい響きのそれは
失われた民族のことばの中にあってほしい
という詩人のわがまま

和歌子

12

たとえば「ぬ」の浅瀬を渡る　ぬかごぬかぼし
ぬきてぬきあしを経て　ヌクレオチドぬぐうぬけがらまで
でたらめにひらいた広辞苑のページだ

喜和夫

13

電話口ではにかんでいる君の
「もうすこし話せますか？」がいつしか
甘えた命令口調の
「切らないで《ヌキテパ》」にかわったとき
ぼくは君を知ったつもりになってしまったんだ

亜紀

14

詩のなかから声が聞こえる
詩のなかに物語がひそんでいる
詩は世界を味付けせずに生《き》のままテーブルにのせる

俊太郎

15

着の身着のまま　気の向くままに
寅次郎は旅立ってゆく
笑いの衝撃波で生じた時空の綻び目から
さくら、おいちゃん、お団子的現実のあとは頼んだよ
革トランクのなかには雲のひとひら

康祐

16

蚤の市二日目に並ぶ
水鏡の孤心
ヒマワリの種　100ｇと交換します

和歌子

17

ひとつの仮面に赤眼の顔が三つ
押し合ひへし合ひ
それぞれに口をとがらせ
叫んでゐるやうな歌つてゐるやうな
絶句してゐるやうな

喜和夫

18

その胸に抱《いだ》かれて
ひととびに時を越えてみた
縄文のビーナスはただそこにいて

亜紀

19

明治生まれの伯母が言っていた「おいど」
辞書にたずねると御居処という漢字が出てきた
当て字かもしれないが
立つ前にヒトは大地に座っていたんだから
と赤ん坊ばかり撮ってる某写真家は言う

俊太郎

20

俺たちはまだ樹の上で暮らしていて
雨に打たれる若葉の先を視ていた　名辞なしで
とめどなく口中に湧く唾に噎せつつ

康祐

21

ねえはやく分泌して
人工知能との違いはそれしかないんだから
うんわかってる
擦過傷のように放たれた精子が
事後の虹をのぼるんだよね

喜和夫

22

朝陽にきらめく鱒の膚の色を求めて
岩絵具を溶かしていたら
告知のＬＩＮＥに卓上の電話が震えた

康祐

23

わたしたちは　光の波長を色彩と認知する
ということは
狩野派の金の屏風も
フェルメールの青いターバンも　ほんとうは
光そのものということ

亜紀

24

少女をふりむかせたのは声だった
呼ばれた名まえは自分のではなくて
生まれずに死んだ弟の

和歌子

25

夢を長い長い貨物列車が通り過ぎて行った
そのあとの静けさに目覚めたが
覚えていたのは積まれていた
昔ながらの嵩高い大砲のイメージ
ウェークアップコールで二度寝から起きた

俊太郎

26

なんでもかんでも抑圧された欲望の置換
とみるのはたぶん間違いでしょう
囚われのニジンスキーが暴れ始めました

喜和夫

27

旧世代ＢＯＴのひねりだした御神籤を
神経突起の小枝に結んで
〈クオリア《五感のすべて》の泉〉のほとりに佇んでいた　昼下がり
世界なら隅から隅まで知り尽くしていた
まだ一度もこの部屋から出たことはなかったが

康祐

28

レシピサイトをスクロールしながら
記憶と味蕾で再現するのは
母の肉じゃが

亜紀

29

それが海軍カレーの原型だという
空母を飛び立つ機影は
前へ　の呼び声に導かれ
やがて雲海に映る
まぶしい五つの矢印となる

和歌子

30

忘れていた光景がフラッシュバックして
まどろんでいた懐かしい言葉たちが目を覚まし
新しい地平に戸惑っている

俊太郎

31

かつて波の音のする青空から来た青年がいた
彼はそこにとんでもない落とし物をしてきたらしい
それがなんであるかを言うのはむずかしいが
喪失それ自体からはじまる生もあるのだ
おののきつつ私はいま地上で光年の雫を飲む

喜和夫

32

歌えずに絶えず無音の歌を聴いているんです
意味に寄りかかりながら意味の痩せっぽちを笑っているんです
無限に憧れながら一瞬の美味を貪っているんです

俊太郎

33

アポロが月へと飛んだ年
少女にはすでに
何の役にも立たないことが何よりも大事
バネの強いキリギリスを肩先から飛ばして
ここからいちばん遠くへ行こうとしている

和歌子

34

宇宙では　頭に浮かんだ質問に
すぐさま答えが降りるらしいが
星の林に月の船　と降ってきたりもするだろうか

亜紀

35

節と節のあいだには　まだ上下も左右もない
かぐや姫は黙って目を見開いている
外では今年初めての雪
老夫婦は囲炉裏に火をくべて肩を寄せ合っている
闇にひそむ光の輪の外側で

康祐

36

ああもう産道でも参道でもいい
うつくしい狭窄のなか逆立ちしてダンスダンスしたいよ
バッカスの滓《カス》かかえ弥勒のフルフル吹きはらし

喜和夫

37

父親に連れられて大笑いコンクールに来たマコちゃんは
可笑しくもないのに大声で笑う大人たちを
キョトンと見ているうちに泣き出した
百面相でなだめようと必死のパパの丹田で
照れ笑いがとぐろを巻いている

俊太郎

38

使い込んだ身体は　無邪気なむくろになる
引き取る息を待たないで
もう来世を企画するような

和歌子

39

ぬばたまの夜の透視図法
故郷の水を眼裏に
人生の果樹園から摘みとっていく橘の実
扉がひらかれて
薫りをはなつ　悲歌と祝祷

亜紀

40

遠ざかりながら打ち寄せるもの
絶え入りながら蘇るもの　無垢の帆を染める
大いなる暁

康祐

解説

第1番〜第5番

俊太郎：創作開始の前夜に考えたんですけど、どうしても大岡のことが心に浮かびました。大岡に縁のある会だし、大岡がどっかへ行っちゃった年でもあるわけで、やはり大岡のことを書きたいと。だけど、悔いるものでは良くないから「岡（丘）」に託しました。「島」は三島であり、我々5人。これから連詩を巻く小舟を出航させました。今年はグランシップではないので「小舟」です。

亜紀：発詩に応えつつ、次に進める気持ちで書きました。航海に出た私たちが、これから出会う初めてのことにときめいている様子をうたっています。

喜和夫：亜紀さんの「ほのか」が素敵で、ほのか……と唱えるうちにビールの銘柄の「白穂乃香」が思い浮かんだんです。「水の惑星」「灰のせせらぎ」、こういう結びつきは大岡信風かと思います。このときは、大岡さんが背後にいる気がしました。

和歌子：「灰のせせらぎ」を受けて「白と黒のあわい」。白と黒は両極で非日常、灰色を日常と思いがちですが、そこを「聖なる磁場」としました。日常に潜む非日常を丁寧に味わう、という詩です。

康祐：「白と黒のあわいに　聖なる磁場」を量子力学で受けました。春頃から大岡さんのことをよく考えていたせいか、「生と死」も浮かびましたね。発詩から一巡したこともあり、最初の港に着いたら一番星が出ていた、というイメージにしました。

第10番〜第11番

康祐：覚さんは不本意のようですが（笑）、外国帰りの中年オヤジが若い女性を口説いている場面と受け取りました。彼女は冷めていて、以前と男の体臭が違うことに気づいている、そんなドラマもあります。冒頭の「信」には大岡さんを込めました。

和歌子：10詩の「甘い囁き」が吐息という言葉、「風を意味する語彙」へとつながりました。実は、3行目に幻の一行がありましたが、ダメ出しで削除して、「という詩人のわがまま」と締めました。

喜和夫：ここは決定的でした。4行目をかっこに入れるような間接話法で一気に奥行きが出ましたね。

第14番

俊太郎：13詩はフランス映画みたいで、しかも、詩の中から明らかに声が聞こえてきた。だから、詩から声が聞こえたり、物語が潜んでいたりすることを言いたくなったんです。それに関連づけて、3行目では詩と散文の違いを定義してみました。

第31番〜第32番

喜和夫：実は白状しますと、今回、谷川さんに投げかけてみたい思いがありまして、機会を狙っていました。30詩で「光景」という言葉の獲物が現れたので、谷川さんの『二十億光年の孤独』の内容を出して、今の心持ちを訊ねてみました。

俊太郎：僕は、連詩で書く「私」は他との関係で出てくるものとしていたので、ちょっと狼狽しましたね。でも、ここは現在の「私」でいいかなと思って書きました。

第37番〜第40番

俊太郎：36詩までがエロティックな雰囲気になってきて困りましたが、大岡ならどう思うか？と考えたら、彼を登場させたくなったんです。ふと、赤ん坊で出てきたら……と思って、「マコちゃん（大岡信）」を登場させました。

和歌子：37詩の「パパの丹田」は「使い込んだ身体」にも解釈できると思って、死んだ途端に来世を企画する「終わりと再生」をうたいました。

亜紀：終盤で急に「死」が出てきたのでドキッとしましたが、「無邪気」といえば父（大岡信）の笑った顔。父を描きたいと思いました。考えていたら、ふと父の著作のタイトルでつなげてみたら……と。38詩の「むくろ」から「ぬばたまの夜」。「故郷の水」、「悲歌と祝禱」……、9作品を入れています。1行目では父を送る気持ちを、2行目からは旅立つ父をうたっています。

康祐：揚詩では、航海に出た5人が冒険を経て、港に戻ってきた様子を書きました。戻ってはきたけど、以前とは違う再出発の心持ち。船の帆は大きな暁に染まっている、と締めました。発詩で「岡」、10詩で「信」

と出てきたので、最後はやはり「大」で締めくくりました。
喜和夫：40編の詩を通して「大岡信」が刻まれるという、今年にふさわしい、特別な連詩が巻けたと思います。

子らが　子らが　の巻

カニエ・ナハ
小島ケイタニーラブ
文月悠光
古川日出男
野村喜和夫（捌き手）

創作
２０１８年10月25日（木）起
同月27日（土）満尾
於アクトシティ浜松　研修交流センター

発表
２０１８年10月28日（日）
於アクトシティ浜松　音楽工房ホール

1

「本日は形態変化しつつ運行します」と車内アナウンス
そのことに母はたいへんに驚いてしまって
新幹線の通路の両側でも　あらあらの声　こらこらの声
そこから三駅分のあれやこれやは省略　子らが
ホームから下りると詩がはじまる

日出男

2

湖上の岩は　希少な子らを匿いながら
回遊の記憶を紡ぎはじめた
ここへ連なる　言葉の私生児たちよ

悠光

3

ええ　ルーツはポーランド系の貴族らしい
私自身はフランス人になりたくて
ミラボー橋の下　セーヌは流れ　なんてうたって
それから志願兵になり　不意の隕石のような流れ弾にあたって
死に至るのでした

喜和夫

4

二年の眠りから覚め　トゥシューズは踊り出した
この永遠の18分間は　お持ち帰りできますか
屋根の上の牛、は今宵　口琴の塔に立つ

ケイタニー

5

三ケ日みかんのミカちゃんと
五味八珍で　ギョーザをたべた
ロックする寅楠ロールする宗一郎
について語りあいながら五味八珍で
ざざんざざざざんざ　ギョーザをたべた

ナハ

6

にもかかわらず林檎を握りつぶし
八角形の賽《ダイス》二つ準備して
さようなら数　おはよう夢――導師の師の声

日出男

7

怖がらなくてよいのだと
卵プリンの満月のささやき
急須から　ぽうっと漏れる光とともに
スプーンの先で解きほぐす夜
欠けていく覚悟を　月に教わろうとしている

悠光

8

鳥よ　公理として言うなら
どんなに空中を自由に飛び回っても
おまえはおまえの影のうえに降り立つしかない

喜和夫

9

おがくず、火の粉、舞い上がり
会いたい気持ちに燃え移る
なぜにこんなに悲しかろ
空は真っ赤な夕焼けぞ
初恋ドローンはどこにも行けない

ケイタニー

10

凧らが凧らがおいしょやいしょと舞って絡まって切りあって
凧が凧が
ぼく牧水はやぶれかぶれでがぶがぶと呑んで呑まれて泥酔です泥水です

ナハ

11

Passed, passed, the PATH train, the PATH train's passed away
寝ぼけマナコのあの娘が羅針盤で
ニュージャージーを目指してる
朝焼けを越えて走ってく
スマホのチタンが光ってる

ケイタニー

12

それとも娼婦が、大きな欠伸をした、したのだった、
口を赤のOのかたちにして、
Oのなかはくらやみ、血の透けた肉色のくらやみ、

喜和夫

13

「花に　わたしを喰べてほしい」
O氏の舞踏譜に文字がこぼれる
つぼみの沈黙を経て
花は、
死という名の腐敗によって生き血を流す

悠光

14

。句点を。。種子のように。。。地に。。。。。蒔いて
、挿し込んでもらえた、、、読点に、舞わせて、、、、、、
祝福するね

日出男

15

／コンコルドノ――――、／／シャンゼリゼデ――――、
／／／アルファルファヲ――――、／／／／バルサミコデ――――、
／、／。／、／。／酢――――――――――！
渦巻ビーッ疾駆セヨ！／渦巻ビーッ疾駆セヨ！
／／（コルコバードは「ゲッツ／ジルベルト」の何曲目だったか？

ナハ

16

木管なのか、金管なのか、それともこれは愛なのか
名づけられたものだけが博物館の𝄋橋を渡っていく
名前落とした D.S. 詩人らよ、それとも君らが夢なのか

ケイタニー

17

もしも妊婦さんたちが空にハープのやうに浮かび
あるひは波よけブロックをカンガルーのやうに跳梁したら
たとへそれが world's end の風景だとしても
楽しいだらうと思ふ　私は自ら
捕虫網となつて彼女たちを追つて行かう

喜和夫

18

胎動の響きに耳をゆだねて
終わらない夜明けを　彼方の遠雷を
この腹に受けよう

悠光

19

（あたしたち二足歩行をおぼえました　と、囁いてみました
（あたしたちハローハローハローって言います　残響あります？
（ありがとうございます　蟻が十御座います　働き蟻なのよねあたしたち　それで
　さあ
（あらあんた知らなかったのぉ？　働き蟻って不完全な雌で　女王蟻にはなれない
　あっ――
（あっ、でも、こんな三対の脚で二足歩行して、これは進化じゃないんですけれどぉ
　この残響渡しましたからね？）

日出男

20

秋の風がふくのよねえ――、あたし規則ってきらいなの――。
あの子の紅いストールが――、はっと紅くて美しくって――。
インドで死んでも探さないでね――、それが本望なんだから

ナハ

21

私は何も計画しない
また何にも約束されていない
ただ賭けをするだけだ
競馬場で外れ馬券を握りしめたときのような
いま私を襲う　えもいわれぬすがすがしさ

喜和夫

22

ハママツの街から走る無数のバイクほんとはカモメだ
みずうみの水面に映る無数のカモメのつばさが本だ
仕事が早く終わらないんだ君に会えないペプシコーラだペプシコーラだ

ナハ

23

三本の矢は　青く雲突き抜けて
朝日の走る道をつくった
曇天は旅の帯締め
詩人の傘に文字飛びうつる
あげ潮に秋雨よ降れ　秋雨よ降れ

悠光

24

秋鼠秋秋鼠　秋秋天
雨打雨打打　下下雨
光芒光芒的　鼠的歌

ケイタニー

25

きいたのきかないのきいたらばきいてね
わらったのわらわないでねないてしまうよりはね
ナイタほうガ　ヨイのかもネ　だからスコシ
片仮名ワイタ　併せて漢字モ　泣キながラ鳴きモデキル
地平線《チヘイセン》見《み》ゆ燃《も》ゆる車輛《シャリョウ》ある其処《ソコ》を目指《めざ》す　我等《ワレら》, if we all would have eyes.

日出男

26

ほらまた崩壊のプログラムが作動したそのつどのガレキを裏返し
祈念だの猶予だのがひろがる浜その浜が立ち上がり
壁となりそれがまた炎上するのだ

喜和夫

27

蛾・魚・流（ガ・ナ・ル）《「するがなるふじの高ねは》音がする！
異・火・津（イ・ビ・ツ）《いかづちのおとする》に石と石とを重ね
鏡《雲の》—石
バルビゾンへ歩むミレイ《うえにこそみれ」》（ドラマチック！に）
馬《真淵》・舞・詩・以（マ・ブ・シ・イ）

ナハ

28

そのとき城門を押しひらく緑の泡
円らな瞳　鈴のように木を駆けのぼり、
薄月夜、利口な栗鼠のみ生きさらばえる

悠光

29

堆積していく　堆積していく貝層
マフグにクロダイ、アカエイ、スズキの回想
サラバを重ねて
蜆をほおばる縄文人は
北北東に交信中

ケイタニー

30

交戦中
超常現象多すぎる君の人生
手相を見たら川のひと文字

日出男

31

ある、きっとある、境界のうえに立ち、
ふたつの領域にまたがるという喜びとおののき、
たとえば幽と明、精神と物質のあいだを、
空飛ぶ円盤がみえかくれしている、
まれに乳房や享年も。

喜和夫

32

「少年は答えを持ちません」
そう少女たちは言い切って
断言力に驚いた私は、ルビひとつで私《あたし》。転換完了

日出男

33

ハイホウ、ハイホウ、我が肺胞
ためたため息、血に変えて
感嘆符を送り出す
肉に宿りし　ジャズに乗せ
筆を握りし　その指へと

ケイタニー

34

届きたいレコードの閃き。
まなざすことで再生の針は落ちる。
劇場の宙《そら》に　声の巣をかけなさい。

悠光

35

（ね　あたしたちまるで　もものかんづめだねぇ）
（（かつたりいか））
（こらこら　そんなこといっちゃあいけないよ）
（（かあちゃん　びつくりするな　きつと））
（うん　びっくりするね　きっと）

ナハ

36

いつからか　私たちの生は**桃めく苦悩の括弧**だらけだ
しかしそれらの**桃めく苦悩の括弧**は　べつの生への入り口であり
あるいはべつの生からの出口である

喜和夫

37

果実の内側を刳り貫いて舟を作り彼らは乗り込んだ。行く先は決まってて妣の国で、そのために川を遡る。それも大河だ。大河なんだ。積み込んだ食糧では足りない。でも彼らにだって智慧はある。舟の内側を少しずつ齧る。齧り出す。いつまで保つのだろう？　だけれども憂いたって始まらない。始まらないのだから。だから。行け。

日出男

38

ヨウジョウハルカニヨロコビヲ
オタンジョウビノヨロコビヲ
モウサンジュウハチデスネ

ケイタニー

39

十一年後のわたしへ　ココニイル
ことばの館をあとにして
もうじき平成のフィルムも尽きていく。
詩と人は、こんなにも含み合う。
先駆けて未来を記す装置であれ。

悠光

40

このまちはひとつの楽器　曲線を歩けばぼくら　音符になって
モンパルナスのキキになって　ピアノはかえでの木々になって
おりおりは　おりかさなって　うたは岸壁　つぎのうた　待つ

ナハ

解説

第1番〜第5番

日出男：宗匠の野村さんに突然発句を指名されて、ウナギしか考えつかなかった（笑）。ウナギは生まれてから何度も「形態変化」する。それが新幹線や連詩と重なって。連詩の始まりをうたいました。

悠光：ウナギと聞いて、前日に一人で観光した浜名湖の舘山寺が浮かびました。「希少な子」は私たち連詩の書き手の5人。連詩の会の歴史を想い「回遊の記憶」に込めました。

喜和夫：今年は、詩人ギヨーム・アポリネールの没後百年ということで、彼のことを書きたかった。そしたら文月さんが「私生児」と投げてくれたので「これだ」と。

ケイタニー：死んだアポリネールがトゥシューズに宿り、踊り出すという、死からの再生です。「屋根の上の牛」は、彼の死から二年後に誕生したバレエ曲。「口琴の塔」はアクトタワー。

ナハ：ケイタニーさんの数字を引き継いで「五味八珍」や「三ケ日」で数え歌を作りました。一行ずつ背を高くしてマトリョーシカ風に。ランチをしたロシア料理店にあったので。

第14番〜第16番

日出男：もともと7番の詩は句点で終わっていましたが、進行の途中で消されました。文月さんは今回、句読点を使わないと言っていたから。でも、13番で読点が使われたので、あの句点を拾いたいと思ったんです。句点が踊るように配置して「O氏（大野一雄さん）の舞踊譜」を引き受けた。大野さんの誕生日が創作期間中の10月27日だと知り、祝福の想いも込めて。

ナハ：14番のエネルギーに感化されて、6番で古川さんが消したスラッシュを拾おうと。内容は、コンコルドホテルでのランチです。コンコルドから、ボサノバの名曲「コルコバード」、名盤『ゲッツ／ジルベルト』へつなぎました。

ケイタニー：言葉のチャレンジが続いたので、ここはミュージシャンとして演奏記号を使おうと。真っ直ぐ進んできた言葉の道を、セーニョとダルセーニョで戻れたら面白いかなって。『ゲッツ／ジルベルト』からサックス、楽器の運命《さだめ》と詩人を重ねてみました。

第23番〜第24番

悠光：時には曇ったり、雨に降られたりしたほうが、連詩の旅は締まると思って。「傘に文字飛びうつる」のは雨粒。満ち潮に雨が降りかかっている景色が見えました。この詩は三日目の朝、ホテルで作りました。二日目の夜、男性陣は飲みに行かれましたが、私は疲れをとるためにホテルで早めに休んでいたんです。

喜和夫：飲みに行った帰り、雨に降られて傘を買ったんです。翌朝、文月さんの詩を見ると、「詩人の傘に文字飛びうつる」と書いてある。昨夜の出来事を知らないのになぜ？　言葉が現実を越えた瞬間でした。

ケイタニー：「秋雨」を中国語で発音するとチュウ。チュウチュウ……、ネズミが現れた。「秋雨よ降れ」の下に「悠光」。「光」に降ったのだと。

第36番〜第40番

喜和夫：連詩全体が変容していると感じていたので、ここは哲学的にうたおうと。35番の括弧を、別の人生への入り口であり、またそこからの出口として表現しました。情報が少なく苦労しましたね。

日出男：小説家として、詩の言葉を投げ返したいと思いました。「桃」から桃源郷を連想し、そこへ向かう人々の物語にしました。桃源郷を「妣《はは》の国」に。連詩をいい形で締めてほしくて、小島君に「行け」と。

ケイタニー：「舟」に乗っている僕たちへ電報を書こうと。「ヨウジョウハルカニ」と祝福する気持ちで。「モウサンジュウハチデスネ」は、もうすぐ38歳を迎える僕のことであり、この連詩のことも込めています。

悠光：「モウサンジュウハチデスネ」を繰り返し読んでいるうちに、11年後の私へ送っているように感じました。詩を通じてみなさんと含み合えた歓び、言葉が現実の先を行く不思議さ、今感じていることを素直に。

ナハ：浜松駅のまわりは曲線が多くて、音楽を奏でているような気持ちになりました。このチャンスで折り重なった連詩だという思いと「折々のうた」を書いた大岡信さんへの敬意も込めて、「おりおり」。次回の連詩を願い、「つぎのうた待つ」で締めくくりました。

しが息をしはじめる　の巻

岡本啓
覚和歌子
中本道代
穂村弘
野村喜和夫（捌き手）

創作
２０１９年12月12日（木）起
同月14日（土）満尾
於グランシップ12階特別室

発表
２０１９年12月15日（日）
於グランシップ11階会議ホール・風

1

みしま　しみず　しずおか
ふし　の国を潜り
しが息をしはじめる
霜と雪を待ち
目も眩む高さからしろいものが舞いおりてくる

道代

2

ほつりと消えて　見知らぬ中廊下から
どなたの肉声でしょうか
恥ずかしいほど　身軽になって

啓

3

構造的には船でしょうね、閉じ込められた感じです、
でも波のノイズはきこえてくる、出口はあるのでしょうか、
ないでしょうね、あえて外部を求めなくても、内部がすべて、
それでいいんじゃないですか、その慰撫の内圧が、
船を破砕させる、それまでの果てしない揺籃の冬、

喜和夫

4

帆柱は天と地をむすぶ
青空と靴ずれをむすぶ
風は　朝焼けと夕焼けをむすぶ私たち

わかこ

5

五人の詩人たちの誰ひとり
消しゴムを見たことがなくて
おそるおそるこすると消える
言葉が消える消える消える
魔法みたいだ

弘

6

水に書いた文字が流されていく
水の上にしか書けなかった人の名前
破れるはずはなかった一つの約束を連れて

道代

7

軽くなったコップの底に
からころ転がり回る幻聴こそが
ここにわたしが置きたいもの
聞こえそうで聞こえない　かそけきおとさ
氷砂糖一つ　放り上げて　口にふくむ

啓

8

ランジェリーを重ねたようなミルフィーユ
をつくって　恋する菓子職人はもってゆく
血管でワインが泡立っている奔放な女優の臥し所に

喜和夫

9

その時すでに宿っていた僕は
こぶしをひらいて
胞衣《えな》のうちがわをなでていた
生まれても生まれなくてもどっちでもいい
この手ざわりの記憶さえあれば

わかこ

10

マラルメ、ヴェルレーヌ、ランボーのにぎったおにぎり
オークションで落札しました
割ったら梅と梅と梅だ

弘

11

海と馬と弓だったら
逢魔が刻を躱《かわ》せたかもしれない
もういない詩人が
生きている詩人のくちびるに
あらわれては消えていく12階

わかこ

12

狼と犬のあいだで
女を二乗して三倍の私の影に加えよ
そこから空気を抜けば　涅槃ほとんどもう涅槃

喜和夫

13

どこかなつかしいインディアンサマーを見上げ
目をこすれば
花粉にまみれ　駆けていくヤマイヌが
どの一行にも　並走していて
そう一瞬は　不思議と　病いや明日さえ　とびこえて

啓

14

時間とともに変容していく獣たち
その墓の上を星々が回る
冬の花のすき間で月光が揺れ続けている

道代

15

冷蔵庫の中に昭和から入っているものはない
薬箱の中にも
だが、実家の薬箱はどうだろう
あった！　やっぱりな、絶対あると思ったよ
八十八歳の父が元気にそれを飲んでいる

弘

16

ひ弱な身体はだいじな相棒なんです
ダンスを続けているうちに
ふさわしい距離が取れてくる

わかこ

17

舞台は争いの青い丘
エロスとは
対象から対象性を奪うことだ
と男は叫んで　振り袖レンタルの妖精を追いかけて行った
射すような光の茅のあいだを

喜和夫

18

身をほぐし　骨をとり　口へはこぶ
おさない小鬼よ　きみの
ことばのまだはいっていないその器に

啓

19

解体されていっても
瞳があれば　あなたが見える
口があれば　声を伝えられる
何もなくなったら　世界の暗い海を
巡り続ける一艘の小舟になる

道代

20

あなたのマフラーが落ちていた　あなたの手袋が落ちていた
あなたの眼鏡が落ちていた　あなたの鬘が落ちていた
あなたの入歯が落ちていた　あなたの残りと抱きあった

弘

21

大絶滅とは　私たちが死に絶えたあとの地表を
うっすらと陽は差し　ヒトの大きさの虫が這いすすむ
のがみえる　ばかなそんなばかな
虫は救われて　羽を光沢ある聖書のように
ひろげる　ばかなそんなばかな

喜和夫

22

というかっこいい絵柄のジグソーパズルを
タピオカ飲みながらやってます
ずろろろろ

弘

23

いかめしくそびえる　時計塔
いっそ短針も　長針も　はずれてしまえば
アニメーションみたいに数字はばらばらにこぼれて
期日もわすれ　予定もわすれ　視野にひろがる　全景に
ヤコブの梯子がおりてくる

啓

24

光は洞窟に届いています
壁画にはヘラジカの群れが走っています
恵みを祀る詩文が満ちて　ふるえています

わかこ

25

最後のネアンデルタール人は記号を書き残している
地中海の海岸に
その意味は何なのか　今はだれもわからない
マグダラのマリアはのけぞって唇を緑色にした
マリアの見たものも今はだれにもわからない

道代

26

ふと窓の外に眼をやると、これも不可知といふべきでせうか
新幹線がむやみやたらと高速の硬い蛇になつて
蛇になつて、飛び去つて行きました

喜和夫

27

「お客さまの中に虫採り名人はいらっしゃいませんか、
車内に無数の蝶々が発生しております」
あ、僕だ
立ち上がって「ひかり」の中をふらふらと歩みだす
懐かしい蝶たちに向かって

弘

28

本数のないバスが　駿河湾をまわって　走る
すれちがう　山肌せまる　幅のない道　路側によせて
わずかにとまり　合図をなげる　こうして一日　暮れていく

啓

29

あかね空の下を　動いていく者たちがいる
あかね空にあこがれて　引きこもる者がいる
全員が旅人だ
物語は終わらない
大漁旗を掲げて　ことばの港に着くまでは

わかこ

30

明けていく空が旅立ちを誘う
行ったことのない街角は眠気があとを引いている
知らない田舎の山あいのトンネルを列車が通りぬけていく

道代

31

ねえ詩織、行ってみないか、
ここではぼくたち、あまり幸せではなかったけれど、
あそこではすべてが整い、うつくしく、ゆたかで、静謐で、
西日が照らすぼくたちの部屋へ、そのあたたかな逸楽の底の方へと、
世界がそっくり沈み込んでゆくみたいなんだ……

喜和夫

32

湖底に横たわる集落
夜になると家々の窓にぼうっとあかりが灯る
ふっくらとした娘の頬が鏡に映って笑っている

道代

33

若い父親は子どもに　自分の面影を発掘する
遺跡では古代米の種が　ふしくれの手でつままれる
手渡していきなさい
やしなっていきなさい
見えるものを背中から支える　それが何かを知るために

わかこ

34

ぶつかりあい　重なりあい　蜻蛉の　鳥の　影ふみ遊び
高層ビルの　またはるかなる　惑星たちの　影ふみ遊び
すばらしい混沌を　手のひらでつつむ

啓

35

巨大な宇宙船のようなパチンコ屋で
会社を忘れ、ごはんを忘れ、
妻を忘れ、宅急便の再配達の依頼を忘れ
チーン！　ジャラジャラジャラジャラ
水、金、地、火、木、土、天、海、冥

弘

36

というより人生　上書き《パランプセスト》なのではあるまいか
レシピを上書き《つくりなお》し　愛人を上書き《とっかえひっかえ》し　勤め先を上書き《てんてんと》し
かくて脳裏一帯に　判読不能の皺苦茶な羊皮紙が出現するのだ

喜和夫

37

記憶の下に記憶　その下に別の記憶
その下にまた別の記憶がたゆたっている
だれの記憶なのだろう　私は何なのだろう
どのくらいの時間がたったのだろうか
反世界に重ねられていく何ものかの記憶

道代

38

そろそろ　呪縛がほどかれる
わたしたちをみちびく北極星に敬礼の用意を
歓びの歌の譜面の用意を

わかこ

39

纏わりつき　別れられない　ことば　手垢にまみれた　誰かの　ことば
こんなちかくにある　はるかなもの
いま　ガラス窓のむこうは　ひえている
いないひとの呟きも　いってしまったひとのささやきも
ここにはある　ぼくは確信している

啓

40

パチッ
しらす干しに混ざって果てしない夢を見ていた小さな小さな蛸が目を覚ましました
きょろきょろしています　海を探して

弘

解説

第1番〜第5番

道代：静岡の地名を考えていたら、三島、清水、静岡……、どれも「し」が入っていました。富士山は不死《ふし》の山といわれ、富士山のある静岡は不死の国。「し」は詩でもあります。「しろいもの」は雪であり、詩人にとっては白紙。これから連詩を始める思いを込めて書きました。

啓：「中廊下」は、創作会場の風景。初日の朝、スタッフの方は荷物を抱えながらガイドしてくれているのに、自分たちは身軽で。なんだか恥ずかしいなという気分でスタートしたことを詠みました。

喜和夫：創作会場は、船内にいるみたいに閉塞感があって、やや不安な気持ちにさせていました。「船を破砕させる」は、このグランシップを壊してしまったようで、スタッフの方にはちょっと失礼な表現になりましたが、それほどに内圧を高め、素敵な連詩を巻きたいという気持ちでした。

わかこ：グランシップという船に乗り、連詩は出航しました。野村さんが船内を詠まれたので、私は帆柱を上げてみました。「朝焼け」は始まり、「夕焼け」は終わりを意味し、それらを結ぶ風は私たち詩人であると歌っています。

弘：「私たち」を受けて、「五人の詩人たち」。岡本さんが消しゴムを使いながら、「消えた。魔法みたいだ」と感心していたから、消しゴムを登場させました。詩人は物に例えると鉛筆だから、消す機能とは真逆。消しゴムに触れるにも、恐る恐るになるのかなと。

道代：消しゴムをこすると言葉が消える表現が面白いなと思って、恋を想起しました。人知れぬ恋――。水の上にその人の名前を書くと、交わした約束も流れ去ってしまう幻想です。

第15番

喜和夫：家族の存在や個人的な体験が創作の背景にありますね。穂村さんの15詩を起点に変容しました。

弘：焼きが回ったな（笑）。そう思うのは、出張の前に、名物を検索したとき。事前に検索して美味しいものを食べようなんて……。学生の頃は、札幌に住んでいても、名物だからラーメンとか蟹を食べておくべきだと考えたこともなくて、毎日、学食のカツカレーを食べてたのに。でも、みんなは焼きが回ってなさ過ぎて、形而上度の高いほうへと持って行くので、僕は下げるようにしました。

喜和夫：連詩のダイナミズムですね。上がろうとすると引きずり下ろす。広がれば縮約する。その典型的な流れが21詩から見られます。

第21番～第22番

喜和夫：創作2日目に、ふじのくに地球環境史ミュージアムで「大絶滅展」を観ました。新約聖書の最後に『ヨハネの黙示録』がありますが、それをパロディー化して書いた詩です。

弘：21詩はすごいビジュアル的で、ジグソーパズルの絵柄にいいなと。「大絶滅」とか、究極的な言葉が出てきたので、通俗的なもので下げようと、タピオカを飲んでみました。

第28番

啓：創作初日の前日に、バスで久能山東照宮へ行きました。バスが止まるときのBGM、バスと乗用車がすれ違うたびに運転手が挨拶をし合う光景を見て、素晴らしいことなんじゃないかなと思って。そのことを書きたいと、心に秘めながら過ごしていて、ようやく書けました。

第36番～第40番

喜和夫：22詩を見ると、「という」で21詩を括っています。36詩はそのリベンジ。穂村さんの35詩を、「というより」でくくりました。

道代：野村さんの「上書き」に対して、「下にあるもの」と、下げていきました。世界の裏側に、世界の記憶が積み重なっていく。自分が何者なのかわからなくなるということを書きました。

わかこ：38詩は後ろから三番目。一方、前から三番目を見ると、「閉じこめられた感じ」と歌っているので、そのフレーズに対応しました。連詩という旅の終わりに、私たちを導いてくれた北極星に感謝の準備をしようという歌です。

啓：言葉は自分のものではなくて、みんなが使っている言葉を借りてきている。手垢にまみれた言葉でも、すごい言葉なんです。連詩の言葉も五人のものではなく、この場にいない人、この世に居ない人の力も借りているということを書きたかった。

弘：最終ラウンドになるとみんな、決めにきた感があるので、逆に可愛い感じを目指しました。発句に富士山が入っていたので「海」を加えて、山と海で連詩を挟むイメージ。「蛸」は詩人で、長い連詩を編んできたことを詠みました。「大絶滅展」を見たミュージアムに、「シラスの中に混ざっているものたち」という展示コーナーがあって、それを見たイメージもあるかな。

天女の雪蹴り　の巻

長谷川櫂
三浦雅士
マーサ・ナカムラ
巻上公一
野村喜和夫（捌き手）

創作
２０２０年11月12日（木）起
同月14日（土）満尾
於裾野市民文化センター

発表
２０２０年11月15日（日）
於裾野市民文化センター多目的ホール

1

小春日和の青空から　三人の天女が
　白い山頂に舞い降りて
　　雪蹴りをして遊んでいる
永劫は一瞬　一瞬は夢　夢は現
新しい命の誕生を祝福しながら

権

2

美しい裾野　美しいゴール前
頭上のボールを追って　入り乱れる選手たちは
マサイ族の戦士　のようだ

喜和夫

3

洞穴へ
私たちは　地を這うものを追って行く
土天井《つちてんじょう》から
　東遊《あずまあそび》の音声が垂れ下がる
一音　一音は　闇子《やみこ》となる

マーサ

4

いい匂いがやってくる
膝から下はどうなってるんだ！
首から上はどうなってるんだ！

公一

5

さて！　名前のなかの母音を数える
大岡信はO型　長谷川櫂も巻上公一もマーサ・ナカムラもA型
谷川俊太郎と野村喜和夫は　AとOの戦いだってことがよく分かる
君は何型？
これを神秘っていうんだよ　ほんとだよ！

雅士

6

少女は　うすい花びらに包まれている
鬼が出るか　蛇が出るか
そっと　つついてみてごらん

櫂

7

硬い虹　不滅の虻
もの思ふ蟋蟀
まだまだゐるけれど
何といふ悦ばしい増殖だらう
もう一度言ふよ　直立の虹　恋する虻……

喜和夫

8

織姫の工作はそれに留まらない
冬の自動販売機
温かなミカンの御礼に

マーサ

9

丁寧な逆立ちでユーラシアを越え
猛烈に団栗が降るタイガを眺めて
つるし雲の故郷《ふるさと》に辿り着く
デロレン祭文　デロレン　デロレン
たぶん人間じゃないんだろう

公一

10

浴室にて鰐が
水の中で星になることだってできる
と書いた詩人が　姿を変えて出て来たぞ！

雅士

11

あなたの尻尾にしがみつき
肩甲骨をうごかしたとき
もう一度会いたいにも程がある
泳いでいくので裸になった
「行方不明」に番地を訊いた

公一

12

愛している男の幻影には
何も入っていない
衣をかけて　不在を見ていた

マーサ

13

まるく縁取られた秋の日の琥珀を出て
つぎの世への熱そのままに
きらきらしながら別れましょう
とぼくは言ったのだ　生まれずに済んだわが子たちよ
さあ出発です

喜和夫

14

水辺のしだれ柳が　ときおり
風に揺れる
人類以前の宇宙の沈黙

櫂

15

間違って生まれてきて
間違って生きている
間違って死んでゆくかもしれないけれど
間違ってということじたいが
間違っているかもしれない

雅士

16

コパラク　ペット　ギタペン
子音の群れの放牧地
新聞の一面にもクラスター

公一

17

菊地記者が紙にインクを落とす
あれは何ですか　なぜあそこだけ色が違うのですか
川を駆け抜ける　大きな色の透明な馬
（目を遮るものは寂しい）
群衆の音は一枚の幕となる

マーサ

18

ほのぼのとふぶくスクリーンの向こうで　女を殺す
もうひとりの私　反り返った女優の喉奥から
蝶が飛び立つかもしれぬ　ただそれだけが見たくて

喜和夫

19

やわらかなバターにナイフを入れる
ニューヨーク・マフィンの作り方
一八〇度のオーブンの中で
いっせいに炎えあがる
フラミンゴ！

櫂

20

地上十センチって
宮崎駿のアニメじゃん　みんな飛んでる！
飛んでみると　地平線がぜんぜん違ってくるのさ！

雅士

21

藍色に金糸をかけた衣装は
地の果てを表現している
私は横たわる
亡くなった祖母は　遠くから
星獣を綱で曳き現れる

マーサ

22

夜　闇　火　炎　夢
この五文字が好きなんです　だって
いやな奴だったなあ　たんなる自己中！

雅士

23

ひらがなだらけの国をあるいてゆくと
なんだかわたくしもやわらかくたおやかになって
ゆくようで　さくらのはなのちるようにうっとりと
くうちゅうをさまよいながら　でもそのはなびらは
かすかに異臭を放っているのではないかしら

喜和夫

24

五竜の滝を跋扈《ばっこ》して
呟き歌い舞っている
くしゃみは聖なる喜びか

公一

25

みな鰻を食ひに行つてしまつた夜更け、独り詠へる。その昔ポンタリエの田舎でabsinthe《アブサン》の旧醸造所を見学したことがある。とある農家の納屋の片隅にガラスの蒸留器が埃をかぶつてゐるだけ。苦蓬《ニガヨモギ》で造るこの高貴な緑の酒は溺れれば中毒となり、やがては死に至る。人いはく忘憂の精《スピリット》。酔ひの波間に命もろとも憂ひよ、さらば。

櫂

26

シャーレの中で
雌雄が分化する
物語はたくましく続いていく

マーサ

27

ほんとうのことを言おうか
君は死んでも　君の記憶は残る
何千万年も経ってから　時空博士が発掘するのさ
世界はたったひとつしかないけれど
何億何兆の記憶がいまも夜空を埋め尽くしているってわけさ

雅士

28

紅茶に浸したマドレーヌを舌に運び
産湯に漬かった盥のヘリを越え
そしてようやく胎内で聴いた血のせせらぎに辿り着く

喜和夫

29

破壊には冷静さが必要
理解には酩酊の有り様《よう》
ありえないという成分をプラスして
みちがえるような生誕のわざわいに
雲ひとつないほどに胡座をかく

公一

30

それが怖くてたまらない
それに触れたくてたまらない
それゆえに狂おしくてたまらない（それって何？）

燿

31

（出生の秘密）
昼顔を摘むと
雨が降る
傷口に水が滲む
雨は昼顔を知らないと云う

マーサ

32

女は三年
男は十三年
恋の半減期とよ（『閑吟集』より）

燿

33

ミミズをみつめてみると
アラビア文字の一筆書き
マンガのような吹き出しをつけて
勝手に擬音を足してみる
ドゥルドゥルムニョーン

公一

34

そのとき窓から蝿が入ってきて
ひとりで逝こうとする私のまぶたのあたりに
暗い唸りのダンスを描き始める

喜和夫

35

二十世紀末のある夕方　ガーナのアクラで泳いだ
大西洋だ　それから数年後　スニオ岬でエーゲ海を見た
そのはるか以前　深浦の岩場から冬の日本海を見たことがある
沼津の千本松原から眺めたのは　春の太平洋
海には海の　個性

雅士

36

千年後の世界は
原始時代のような生活に戻ります
人工衛星の骸を指さし　神謡をうたう子

マーサ

37

大岡の　信の大人《うし》の　身罷《みまか》りて　はや幾霜ぞ　産土《うぶすな》の　三島に近き
黄瀬川の　激《たぎ》つ早瀬に　詩人《うたびと》ら　五人《いつたり》集ひ　言の葉の　糸を紡ぎて
織りなせる　布ながながと　結ひなせる　衣《きぬ》ひろびろと　古《いにしえ》も
悩みし道に　現世《うつしよ》も　かく行きなづむ　この道の　いや果つるまで
この旅の　いや遥かまで　照らしたまへよ　大岡の大人

櫂

38

遠くに近くにムックリの揺れ動く響きあり
精神の永久凍土溶かす藝を披露するひかり
惑星の軌道を見つめているわけもない長老

公一

39

あれは何だったのでしょう
私たち　稀であり束の間の
閾のうえで　焼き上がった人の骨を拾い上げ
骨壺に落としたときの　カリッと乾いた音　輝かしい白
彼岸も転生も約束されない　稀であり束の間の

喜和夫

40

動いていないように見えた雲が
じつはゆっくり動いていることに気づいた
地球は回る　風が吹く　いまも

雅士

解説

第1番〜第5番

櫂：野村さんから発句を指名されて、これは大変だと。静岡県や大岡さんに壮大な挨拶をしたいと思いました。頭に浮かんだのは、『田子の浦に……』の和歌と「マクベス」。三人の魔女から三保松原の天女を想像して、富士山の頂で雪蹴りをする。4行目は天女が歌う詩です。

喜和夫：連句の宗匠というべき櫂さんと、櫂さんと書物を制作する三浦さんに向けて。「雪蹴り」を受けてサッカー。三浦さんは舞踊にも造詣が深いので「マサイ族の戦士」と表現しました。

マーサ：神に才能を与えられた人たちの中で、泥臭く山の中に入っていくイメージで作りました。「一音一音は　闇子となる」は、有限の命を持って暗がりで生まれる人をうたっています。

公一：三つの詩がとてもいいなと思いました。感覚として視覚があって、音があって。そこにいい匂いがやって来る。それがどんなふうに見えるか、二、三行目で表現しました。

雅士：みんな緊張し過ぎてるんじゃない？って感じた。巻上さんとは違った視点で、この連詩を巻く僕らがどんな人かを、母音の法則から紹介しました。ここで流れを切ることができたと思う。

第12番、第13番

マーサ：9番から、風のように所在を持たない男性を待つ女性を描きました。姿が見えない風に服を着せて、不在を見ているにすぎない、と。

喜和夫：12番の衝撃的な詩に、「だったら生まれないほうが良かったんじゃないか」と思ってしまった。反出生主義の思想。ここで、「生と死」というテーマが浮かび上がった。通奏低音といいますか、「生と死」が微妙に変容しながら紡がれていきます。

第16番

公一：二日目の最初だったので気分を変えて。縦と横のラインで作れないかと。新聞からコ、パ、ラ、ク……など、音を拾ったら、ユーラシア大陸にある町名みたいに聞こえた。5番の「母音」に反応して、「子音の群れの放牧地」。

第25番

櫂：この日は三浦さんと僕がZoom参加でした。24番ができたとき、23、24番の流れから、次はどこに行くかという話題になり「フランスに行くしかないね」って話になって、僕はほとんどフランスに行ったことがないのに困った……。そんななか、会場の三人がウナギを食べに行ったと聞いて、何とも悔やまれた。そういう事情でフランスやウナギが登場しています。生きている限り、憂いはつきもの、という詩。

第27番

雅士：谷川俊太郎さんの有名な詩「ほんとうのことを言おうか」をお借りして。この世は一つしかないけど、生きてきた記憶は滅びることはないんだよ、と。ここで確認しておいた方が良いと思った。それも連詩の務めではないかと。

第36番〜第40番

マーサ：さらに空間を拡げるために未来の話をしようと。でも、UFOじゃない。逆に、原始時代に戻るほうが腑に落ちたんです。「神謡をうたう子」は三浦さんの息子さんのイメージです。

櫂：ご覧の通り、万葉集の長歌の形式です。マーサさんの「神謡」を受けて長歌を思いつきました。今回大岡さんの話が何度も出てきていたので、一括して背景を書いておこうと、リズムを大事にしました。音楽の『ボレロ』のように段々盛り上がる様子を、七五調の力を感じながら作りました。

公一：「ムックリ」（竹製楽器）を書けば演奏できるかなと目論みました（笑）。櫂さんの37番でセッションできて大変良かったです。

喜和夫：骨を骨壺に落とすときのカリッという奇妙な音。以前から、場にそぐわずすごく明るい音だと感じていました。「生と死」をテーマにいよいよ終盤というときに、骨の音や白い輝きは、人間の「生」が天に上がる「死」の始まりなのか。38番の「揺れ動く響き」に対して、得も言われぬ音なのか。

雅士：雲は止まって見えるけど、実はかなりの速さで動いている。動いていないように見えるものが実は、いちばん動いていることがある。それが、「生と死」を浮かべている地球。地球の動きを自分でも感じてみる。風が吹くような感覚で感じ取る。どうしてもここに置かないとまずいのではないかと思いました。

変異するウナギイヌ　の巻

髙柳克弘
東直子
水沢なお
四元康祐
野村喜和夫（捌き手）

創作
２０２１年12月9日（木）起
同月11日（土）満尾
於アクトシティ浜松　研修交流センター

発表
２０２１年12月12日（日）
於アクトシティ浜松　音楽工房ホール

1

足跡ひとつない真昼の砂浜に
老松の枝が黒々と影を落としている
と見えたのは実は
寝そべるウナギイヌだった
定型と自由を交配させた変異種だそうだ

康祐

2

けしかけられた猟犬のように　速く
起きぬけのアポロンのように鈍《のろ》く　近づくもの
人それを　初日の出と呼ぶ

克弘

3

私は酒　人を狂わせ
人を人の外に突き落とす
私はダンス　人を狂わせ
人を人の外に解き放つ
さあ　飲んで踊って　夜の蒼い渦巻を作り出せ

喜和夫

4

洗濯機に万国旗がからまっているので
イソヒヨドリにほどいてもらおう
丘の上へ、丘の上へ、いちばん強い風のさなかへ

直子

5

殻のなかで兄は言った
河童にはみずうみだった頃の記憶があるんだ
まだやわらかいくちばし
うすみどり色の額のうえには
欠けた石鹸が乗っていた

なお

6

素早くそれを泥のなかに出し入れして
ポワ〜ンという音を響かせる
マンドゥビラ川中流域で使用される楽器だそうだ

康祐

7

プワ〜ンの音とともに
ばいきんまんは星の涯
正義と悪　バロンとランダ　きのこたけのこ
永久に戦い続けるものたちに
捧ぐるものは笹百合ばかり

克弘

8

夢なのかぼくは履歴書を書いていた
その「私のセールスポイント」の欄に「あ、うふへーベン」と記してまた眠りについた

喜和夫

9

木星の土地の権利の売買をしているらしき子孫のために
棟上げの終わった家の屋根を作り
襟のほころびも直し
空気をきれいにするマスクを開発した
精密機械の隙間で

直子

10

昨日
保健室のカレンダーから木曜日を盗んだ
ホログラムのカーテンが燃えていた

なお

11

廃校の下駄箱に交換日誌が残っている
永遠に忘れた記憶が陽炎になって
うわごとの中にほんとうに起こったことがまじっている
お昼のパスタランチがあたたかい
朗読は続いている

直子

12

そうなのだ林道の尽きたあたりで
腐葉土にまできみへの愛を飛び散らせたのに
いま野原はいちめんの太陽光パネル

喜和夫

13

されど夜になれば
奮迅する無尽の星
百葉の文を送れど
一度の温もりに如かず
濡れし歯の跡肩にくきやか

克弘

14

――それが曽祖父の遺した
本当の辞世の句　水戸連隊区第十三師団
「お國のために……」の旗の裏側

康祐

15

火葬場からの帰り道
バスターミナルでガチャガチャを回した
砂色のカプセルを開くと
取り壊された浄水場の模型が入っていた
ぼくはそれをお腹のなかで育てると決めた

なお

16

裸足で草を踏んで石の階段をのぼった
凧のカーニバルが見える
トマト、らっきょう、ききょう、ぼうきょう、ゆげゆれて

直子

17

わが仮面考――
仮面を被りつづけていると
それが素顔になるというのは嘘だ
仮面はどこまでも仮面であり自由であり無限であり
素顔よりも深く湛えられた皮膚である

喜和夫

18

つるべは今井戸の底に沈み
垣根を越えて朝顔は隣家へ
二日酔いのＡＩがエビアンを呑んでいた

克弘

19

〈今やブドウの木は泉のなかに生えている。
　城壁は崩れ落ち、午前の栄光が次なる宮殿を輝かせるとき
捏造された知性の危険がイブに暗い影を落とした〉[★1]
いくつもの重訳の成れの果ての古文書を前に
修行僧たちは喧々諤々

ＡＩ＋康祐

20

赤い海に一冊の詩集が漂っていた
（言動《ゲンドウ》のささやき）
そうしてわたしがうまれた

なお

21

それから伝説のロック歌手になって
予定調和のような不慮の死を迎える
うん　かっこいいね　いやまだ先があるんだ
正体不明の蜘蛛にも似た何かになって
迷い込んだ魂どもの捕獲にいそしむ　たのしきかな転生

喜和夫

22

熱でうねるビニールの奥にゼリーを差し出す
「光ったらタッチしてください」
明滅する触角へ手を伸ばす

なお

23

コンビニへいちごつみにいこう
野をゆく肩にマイバック
つねに東へ　揚羽を凌ぎ
四つ辻で霍乱に倒れ
ああ　沢辺へ出てしまった　柳はどこに？

克弘

24

お名前をお書きください、お身体に異常なければお通りください、
むき出しの夜行列車は
裸眼のレンズ

直子

25

韻律を脱ぎ捨て
季節の移ろいに目もくれず
深海に眠る鯨の居場所を探し求めて
虚しく鳴りつづけるソナーの響きのような
現代詩、求む

康祐

26

足ひきの、いや違うな、やまどりの尾の、いや違うな、
しだり尾の、いや違うな、でもそんな長々しい夜を、
マラルメみたいに徹夜して、なお白紙、白紙……

喜和夫

27

園内で同行者とはぐれてしまった
シー　シー　シー
呼びながら探し回っていると
迷子センターからやってきたのは千本浜海岸だった
わたしは石の浜を踏みしめ、黙って波打ち際を眺めた

なお

28

厚みこれ太平洋や日記買ふ
　門松なれど超ミニサイズ
顕微鏡のぞき快哉梅咲いて

克弘

29

風花の中でこぶしを握って待っている
あふれたいものはあふれさせたい
うたわれたがっているうたをうたう
折り畳まれた自転車が
そろりそろりとのびていく

直子

30

砂漠の色をした小鳥《バーディGTデザート・イエロー》[★2]ちゃんを入れた籠を
肩に担いで花巻鉄道に乗る
鈴々《りんりん》、輪行、凛々《りんりん》、Ｄｉｚｚｙの燐光

康祐

31

イーハトーブから下界の感染ゾーンへ
おろおろと降りてゆくわたくし
といふ現象　そこはもう生き死にの瀬戸際だけれど
最後の西日がビル壁にあたつて　せつな
その灼けた鋼青のやうな反射光が　現象の右の頬を染める

喜和夫

32

まだ匂いについて語っていない
三角洲についても、牡蠣の剥き身についても
もうあと一回しかチャンスはないのに

康祐

33

レモンをしたたらせたケーキを人数分均等に切り分けて
この世にいない人が、この世にいたころの話をする
墨をする音、紙をめくる音、祈るための音色が響く
追悼
される者となる日も、香ばしく、軽やか

直子

34

疎まれ　描かれ　撫でられた鼾は
帽子の人を追って　枯野に潜む
とっくに凩になっているのだけれど

克弘

35

突然
サイレンが鳴り渡る
ひとりきりのゲームセンター
宝石で押し出されるネッシー
「揺らさないで」

なお

36

脳深く沈んだ瑪瑙のような苦悩
琥珀に閉じ込められた蜉蝣のような徒労
だから人生の秋はやめられない

喜和夫

37

薄羽を捉えようと
震える水銀を固定しようと
別々の生き物のように蠢めいていた五本の指先
いつの間にか一枚の布を織りあげていた
縦糸は孤心　横糸は歌声

康祐

38

あれがハンカチノキだと教えてくれたのは誰だったでしょう
あれがケムリノキだと教えてくれたのは誰だったでしょう
見上げたら見えるあの電線をつたってつたってたどりつく窓

直子

39

さあ行くか
弱音すてつつ
うとましい
なみだは拭いた
喇叭も気まま

克弘

40

ねえ、きみの写真を見せて
（はじまりを　つげる　かざみどり）
わかば色のボールが跳ねる

なお

★1　18番の詩をグーグル自動翻訳によってアラビア語、フィンランド語、エスペラント語、ズールー語、英語に重訳したものを四元康祐が日本語に誤訳したものです。

★2　ドイツ・バーディ社の折り畳み自転車の商品名。

解説

第1番〜第5番

康祐：まずは発句として、招かれた土地へのご挨拶。砂浜の「浜」、老松の「松」で浜松。浜松といえばウナギ。今回は定型詩と自由詩の詩人が混ざり合う新しい会が始まる。ウナギイヌのごとく詩を生み出したいという抱負を詠みました。

克弘：続いて、浜松出身の私がお迎えする気持ちで綴りました。芸術の神アポロンに三日間見守っていてくださいと願いを込めて。「初日の出」は、早く過ぎていったこの一年を喩えています。

喜和夫：連句の伝統的な発句と脇句ですね。第3番から本格的に展開するため、第2番をひっくり返すつもりで書きました。アポロンに対抗して神ディオニュソス。酒の神で狂気の神でもあります。最後は狂気の画家ゴッホの夜空のイメージ。

直子：渦巻から洗濯機。今、世界情勢も絡まってるので気持ちよくほどけたらいいなと。連詩が始まり長旅に出掛ける、そんな気分を込めました。

なお：イソヒヨドリから、水辺にいるくちばしがある生き物として河童。洗濯機から石鹸。河童はお皿があるので、頭に乗せた光景を書きました。浜松には私自身のきょうだいが住んでいるので、兄河童とのやりとりに。

第10番〜第12番

なお：この詩は、参加者の皆さんと作った印象が強くあります。もともと2行目は「保健室のカレンダーを盗んだ」でしたが、四元さんが「木曜日を盗んだ方が魅力があるんじゃない？」と。

克弘：ひとつの作品に座の仲間でアドバイスする。これが連詩の醍醐味でもありますよね。

直子：実は数日前に、映画『２００１年宇宙の旅』に関するコラムを書いていて頭がＳＦモードに。そのディストピア的なイメージが廃校と結びつきました。廃校の思い出をコラージュ的に畳みかけました。

喜和夫：伝統的な連句には恋の歌を入れるルールがありまして、必ず入れようと待ち構えていたら東さんが良い詩を書いてくれました。3行目の「ほんとうに起こったこと」をひも解いた歌です。第9番の「ディストピア的なイメージ」を10番、11番でも受けている気がして、僕のような人間にとっては野原の美をぶち壊す「太陽光パネル」と付けました。

第19番

康祐：AIから人工知能に詩を書かせてみようということで3行は自動翻訳。最後の2行は私が加えました。重訳された古文書を見た修行僧が意味を理解できず、解釈について喧々諤々している様子を描いています。次の第20番ではエヴァンゲリオンの世界として繋いでくれました。

第23番

克弘：コンビニが生活に馴染んでいることを楽しく書こうということで言葉遊びをしています。「野」「東」「四」「沢」「柳」と、参加者の名前の一語を入れて表現してみました。実はこれ、雑談の中で東さんから教わった技です。

直子：若手歌人を中心にネットなどで展開されている技法です。誰かが作った一首から一語を摘んで自分の歌に組み入れる。〝一語つみ（いちごつみ）〟です。

第27番

なお：初日の夜は、夢の中でも詩を書くほどでした。詩が書けずにいる自分を迷子に重ね、それを伝えようと。「シーシーシー」と詩をさがすように呼んでいたら間違えて「SEA」がやってきた。千本浜を登場させたのは私の母校が沼津だから。そのとき、恩師が「この世で一番美しいのは詩」と教えてくれたことで詩を始めました。初心に戻り詩を書き続けていく決意を込めました。

第36番〜第40番

喜和夫：韻を踏んだ言葉遊びで遊びの余韻を引きずりつつ、人生の終わりを迎えている誰かが書いた作品ということですね。

康祐：自分の番を乗り越えるだけで精一杯だったのが、いつの間にか第37番、一枚の布になろうとしている。その縦糸は大岡信さんの『うたげと孤心』の孤心で、横糸は助け合って伝えようとする歌声。そうして連詩の会ができてきたのだろうという思いを込めました。

直子：見ようとしなければ見えないもの。それを掴むことが詩を書くことなのかなと感じて。それを大切に抱えつつ、それぞれの道へ帰るのだと。最後なのでそういう気持ちで作りました。

克弘：上段の一文字を右から左へ読んでいくと「さようなら」、下段の一文字を左から右へ読むと「またいつか」。和歌のレトリックです。こういう場ですので、原始の言葉遊びに浸ってみようと。これを許してくれた皆さんに感謝です。

なお：第39番の「さあ行くか」、から冒険、旅をイメージして、大好きなゲーム『ポケットモンスター』を重ね合わせてみました。三行目の「わかば」はゲームに登場するワカバタウンのことで浜松市がモデルとなっています。「ボールが跳ねる」は冒険の旅の始まりを意味しています。この連詩の会は終わりますが、また明日から詩を書き続けていくという新たな始まりを決意して、最終詩にしたいと思いました。

光を塗りかえる　の巻

暁方ミセイ
木下龍也
田中庸介
堀江敏幸
野村喜和夫（捌き手）

創作
2022年11月3日（木・祝）起
同月5日（土）満尾
於グランシップ12階会議室

発表
2022年11月6日（日）
於グランシップ11階会議ホール・風

1

金魚が一匹
青空に体を浸して
光の色を塗りかえる
凶事も吉報も等しく　秋の国に入り
何もかもことごとく　ここにおいで

ミセイ

2

夜祭りのにわか巫女に誘われて
薄く灯したアセチレン
仮面をつけて季節が峠を越えてゆく

敏幸

3

のちに精神病院にも入った詩人によれば
地下鉄から出てくる人々の顔が
雨に濡れた枝に芽吹いた蕾のようだ
というんだけれど　ぼくはてっきり
桜の黒い枝に張り付いた花びらだと思い込んでいた

喜和夫

4

父は比喩を捕まえて殺す仕事をしている
年収一億円
おかげで飼い犬は図太く育った

龍也

5

黄色い悪魔が街を吹き抜ける
口語の時代は去った
「養育費はどちらが持つのか、養育費は」
文語でもなく　口語でもなく
のをあある　とをあある　やわあ[★1]

庸介

6

親たちではなく世間から遺伝する
わたしの仕草や表情は
屋上緑化ビルの林にまぎれて踊る

ミセイ

7

くずれた眠りをむさぼるあなたの背中で
樹々の影がゆれる　白と黒の魂を
バーコードにゆずり
まばたきのあいだに世界を剝がすな
来たれゾーネンタトウルイ！

敏幸

8

多島海タトゥー
タコの仲間のオウム貝は九十個の触手をもつ
ことをけさの遠い唯一のことほぎとして

喜和夫

9

あれは上空の千手観音が見送るしかなかった千一発目
それではみなさんグラスをお持ちください
出身とか経歴とか家族構成とか
まだまだ話したいことはございますが
この続きは天国で

龍也

10

鱧の三色揚げ。赤、黄、緑がある。
あるいは赤、緑、黄色。順番に信号がともる、
夕刻。バスが行き交った。順番に。

庸介

11

おまえ三角食べができなくて
漢字が覚えられなくて蝶々結びが苦手で
時計がすんなり読めなくて叱られてたよな
うん、時計はいまもだよ
でも俺のせいじゃなくて目のせいだからな

龍也

12

前菜は野菜のテリーヌにしよう
主菜は鴨のコンフィがいい　デザートはタルトだ
こうして胃袋へと　大いなる選択と結合が果たされてゆく

喜和夫

13

汽笛一声　卵橋を叩いて渡った冬の夜
シテ島に向かう銀の船を燃やし
大佐　大佐　大佐[★2]　あなたはひとり泳いで帰る
ワキを締めた不器用な抜き手で
（でもどこへ　どの岸へ）

敏幸

14

海原で迷子のハトが
もう帰る小屋がないのを知らず飛んでいく
羽にはノミ一匹　死んだ友達をそっと落っことす

ミセイ

15

巨大な不安と野心
を抱えて歌人はマルセーユ行きの熱田丸に乗った
山形　東京　長崎
なぜにんげんの神経は衰弱するのか
あけびの花のような紫

庸介

16

野球部の山田に向けて紫式部の佐藤が詠唱を開始
数秒後、山田の胸に世界一短いトンネルが開通
その様子を撮影した映画部の高橋は映画部ではなく高橋をやめた

龍也

17

匂ふにせよ　かほるにせよ
言葉は　肉から出るから暗いのか
暗いから肉から出るのか　あの日たしかに
恋人になりすまし　きみの肌と熱く触れ合ひながらも
昼の月にも似て　なんと薄い涅槃であつたらうか

喜和夫

18

行間にのつとはみでる癖字哉
OCRで読めぬつぶやき
あぶりだす果汁の想いも袖にして

敏幸

19

熱帯雨林は体をひらき
誰かが残した布の上
鬼火の影絵がひっそりはじまる
観客は猿の幽霊たち　ぺたぺた拍手し
ガムランのα波が森を閉ざす

ミセイ

20

松の下に《翁》は舞われ
火の粉に道はふちどられる
極寒の中、神はふたたび家に還る

庸介

21

名前を呼んではいけない者
あるいは呼ぶのがむずかしい者
牧師の息子によって死に追いやられたが
その遺骨はオメガのかたちをして
なお溶けかけた氷河に噛みつこうとしている者
喜和夫

22

浜名湖から琵琶湖へ
井伊氏は移った　彦根から静岡へ
水を追うぼくの旅は続く
庸介

23

余熱の時間を鯖読んで
終わりのない城づくりを軽々しく論じるな
門外漢のサグラダ・ファミリア
聖家族のファミリー・サラダ
路面電車に轢かれても男の石が砕けることはない
敏幸

24

バイトリーダーと不倫している店長と不倫しているエリアマネージャーと不倫してい
るバイトリーダー
この円環をフードプロセッサーにぶち込んでできあがる
さわやかとはかけはなれたハンバーグ
龍也

25

古代、不吉の象徴だった虹が
遺跡の真上ハロになってかかっている
太陽光はまんべんなく地上を照らし
自己肯定感つき竪穴式住居の
入居は抽選で

ミセイ

26

私たち　美しい廃屋　床いちめん草に覆われ
内部に野原をかかえてしまったような
私たち　悲しいまでに美しい廃屋

喜和夫

27

つづら折りを下っていくと
餃子の形をした村に出た
あらかじめ細部までを予感していた、きのうの夢で。
《山》はすべてを見通している
《山》にすべては見通されている

庸介

28

わさびの幸せ　わびさびの詩あわせ
澄んだ水の吐息がありさえすれば
みどりを染め出すのにみどりはいらない

敏幸

29

海老みたいだろ、と巨人は言った
汗と涙と鼻水とよだれが最高の調味料さ、とも
アルコール消毒された大きな手がリクルートスーツをむいてゆく
（あ、海老知ってるんだ）とか（消毒するんだ）とか一応思ったけど
思っても言わないのが大人でちゃんと大人をやれたおれナイス

龍也

30

「どなたもどうかお入りください。決してご遠慮はありません」[★3]
という文字が彫られた大岩の下　狭い洞がある
覗き込むと二〇二二年の私が一時保存《セーブ》される

ミセイ

31

そのとき真の深淵《ゲーム》がはじまり
他界まで真っ青な百年がつづいている
としよう　数えるまでもなく乳房はふたつ
水は暗く砂はひと握りのまま
母よ亡き母よあなたはどこに隠れているのですか

喜和夫

32

誘《いざな》う波の世も詳らかに
細雪は降りしきる
灯台守の冬のまわりを

ミセイ

33

ひろったキャッシュカードの名義がノブナガオダだったの
それでね、明智が四桁の数字をずっとしゃべってるの
と恋人からＬＩＮＥが来たが明智はジャンガリアンハムスターだ
これで資金はどうにかなる
結婚しよう

龍也

34

ふすだしうをつまんだ指をほぐしながら
偽の楽焼きの底で
利休のねずみが終い湯を浴びている

敏幸

35

低く身を沈めること。
荒れ野の中に。
雨のあと、
野水がたまり、いずれ土に吸いこまれる。
農家の庭から、砧を打つ音がきこえる。

庸介

36

だが　跳躍だ　思い出す　夕暮れどき　首を
刎ねられた　鶏が　血まみれに　なりながら　なおも
痙攣的に　走っている　跳躍だ　跳躍せよ

喜和夫

37

地平線はグリーンフラッシュ
まぶたの中でも燃え盛り明るい
宴の丘にまた起こる笑い声
つかずはなれず
風変わりな一団がゆく

ミセイ

38

言葉と翼
かつて前者を放棄した鷹が見下ろす
かつて後者を放棄した我々の林檎飴を

龍也

39

たがいの影を懐紙にくるんで
あまく煮詰めた風のなか
パンタグラフの伝える軋みの讃を投げよう
鵜の目の届かない
明日に向かって

敏幸

40

幻想の管弦楽の鳴り響く夕べ
久能山　いや　マッターホルンの頂に
赤いエクスタシーが立つ

庸介

★1　萩原朔太郎
★2　大岡信「大佐とわたし」
★3　宮沢賢治「注文の多い料理店」

解説

第1番〜第5番

ミセイ：最初の詩は挨拶の役割がありますので、静岡のことを詠もうと思いました。静岡県が金魚の形をしていると知り、まず初めに「金魚」。連詩を提唱した大岡信さんの『方舟』にある一節の「今宵僕らは逆さまになって空を歩こう」から、青空に金魚が浮き上がるイメージに。その金魚が秋を運び、空の色を塗り替えるとしました。

敏幸：「金魚」と「光」で夜祭。その場限りの巫女さんに誘われて祭に入っていく。この季節に静岡に来ることを、「季節が峠を越えてゆく」と表現しました。

喜和夫：「仮面」から「顔」を連想して、アメリカの大詩人エズラ・パウンドの有名な地下鉄の詩を検索したら、「雨にぬれた枝に芽吹いたつぼみのようだ」と訳されていた。僕が記憶していたのは、「黒い枝に張り付いた花びら」だったのに、変だなと。ネット検索の誤読を詩にしました。

龍也：「詩人」も「ぼく」も、精神がおかしくなる予兆なんだと受け取りました。「ようだ」という直喩があることで予兆が起きていると思い、直喩を壊して二人を正常に戻そうと。不穏な要素を持たせたまま、次につながればと思いました。

喜和夫：この第4番はメタレベルで言葉を付けた、巧みな詩です。木下さんは初参加ですが、なかなかのやり手です。

庸介：現代短歌の世界では、この20年あまり文語・口語論争がなされていますが、「オノマトペは擬態語で文語でも口語でもないのでは？」と、議論を解体する思いで、萩原朔太郎の『遺伝』に登場するイヌの遠吠えを書いてみようと。前詩の「飼い犬」につながったなと思いました。

第16番〜第17番

龍也：第15番の「歌人」と「紫」で紫式部だろう、と。以前、紫式部が赤式部と青式部に分かれるという歌を書いたので、今回は紫式部の「部」に注目して、部活っぽさをいじろうと。ショッキングな映像を撮影した高橋は、人間性が途切れたという詩です。

喜和夫：部活動から王朝ロマンへ広げました。紫式部から『源氏物語』の「宇治十帖」の世界を、匂宮と薫を少し変えて出しました。浮舟の悲劇の物語を描いた詩です。

第22番〜第24番

庸介：第21番の「溶けかけた氷河」という、喜和夫さんの神に対するオマージュを水のイメージで受けまして、ご当地のお話を入れました。静岡県出身の井伊氏の歴史を書きましたが、「井伊氏」は見方を変えると「いい詩」でございます（笑）。

喜和夫：前半にもたびたびありましたが、ここでも言語遊戯、言葉遊びの通奏低音が響いていますね。

敏幸：ご当地ネタに対抗意識を燃やして、焼津の小川港さば祭りを使って「鯖読んで」。「井伊氏」から井伊直弼の桜田門を出し、「サグラダ・ファミリア」へ展開しました。路面電車に轢かれた男は建築家のアントニオ・ガウディです。

龍也：第21番、第22番を創作していたときに、夕食が「さわやか」のハンバーグと発表されまして。それ以降はハンバーグのことで頭がいっぱいになってしまいました。堀江さんの詩から、ご当地ネタでつなげられると思い、3行目を決めてから、ひも解くように2行目、1行目ができました。

第30番

ミセイ：創作中に、「まるで『注文の多い料理店』だね」という会話が聞こえてきて、小説に登場する言葉から始めました。「一時保存《セーブ》」とは、ゲームのルールの一つで、セーブしておけば、間違えてもそこからやり直せるというもの。以前、福岡県にある神社で祈願したときに、自分の人生にとってのセーブポイントだと思ったことを思い出して書きました。

第36番〜40番

喜和夫：第35番の「低く身を沈める」「土に吸い込まれる」から、跳躍したいという衝動が湧き起こりました。ぼくは農家の生まれなので、その風景も織り込もうと。ニワトリの姿に自分の晩年を重ね、「飛躍」に希望を込めて。大団円への願いも込めてバトンを託しました。

ミセイ：「跳躍」はまさしく連詩に必要なことなので、そのコツとして「つかずはなれず」を詠み込もうと思いました。「宴の丘」はこの連詩の会のこと。「つかずはなれず　風変わりな一団がゆく」は完全に私たちのことで、もともとは「珍妙な一団」でした（笑）。

龍也：「つかずはなれず」は、嬉しかったけど少し恥ずかしさもあって、我々がつないできた言葉と翼を置いて、この一団を上空から俯瞰してみようと思いました。第37番を受けて「我々の林檎飴」は夕日が沈んでいくイメージです。

敏幸：「風変わりな一団」を上空から俯瞰しようとした木下さんも放さず、まとまりつつも一人ずつの影だったという解釈から始めました。創作部屋の窓から線路が見えて、電車のパンタグラフの軋む音が聞こえていたので、それを我々に対する讃と見なし、明日に向かって言葉を投げたいという思いから、「讃を投げよう」としました。

庸介：全詩を読み返しているうちに、詩を育ててきた気がして、詩の魂を天に上らせることが挙句のすべきことだと思いました。堀江さんの「軋みの讃」のイメージをいただいて、まだ登場していなかった音楽やミセイさんが出しきれなかった「赤」を使ってポエティックに。「赤」には井伊氏の「赤備え」や〝いい詩〟の守り神になってほしいという祈りも込めて。

「しずおか連詩」の過去・現在・未来

編者より

野村喜和夫

（N＝野村／K＝喜和夫）

「しずおか連詩」の沿革

N――今年［二〇二一年］のしずおか連詩、お疲れさまでした。コロナ禍のなか、開催が危ぶまれたとのことでしたが、なんとか無事終了したようですね。捌き手としての今の心境は？

K――もちろんホッとしています。今年は大岡信さんが晩年を過ごされた裾野市というところで、十一月十二日から十五日までの四日間にわたって開催されました。それまで裾野市でのコロナの感染者はゼロで、これなら安心して連詩に取り組めるかなと思っていたのですが、なんと連詩創作前日に感染者が出てしまって、スタッフや地元関係者から、なんとなくピリピリした雰囲気が伝わってきました。でも、連詩自体は順調にすすんで、Zoomによるオンラインと対面とのハイブリッドでしたが、思ったようりうまく行ったようで、というか、例年にもまして面白い連詩が巻けたのではないかと、自画自賛しています。ちなみに今年の連衆は、三浦雅士さん、長谷川櫂さん、巻上公一さん、マーサ・ナカムラさんでした。

N――なるほどそのメンバーだと面白そうですね。ただ、今年の話を伺うまえに、しずおか連詩の沿革についてお話いただけませんか。

K――わかりました。しずおか連詩は、一九九九年、連詩そのものの創始者である大岡信さんによって創設されました。それまで大岡さんは、海外に出かけて行って、アメリカや欧州のさまざまな詩人たちと連詩創作を行ってきたのですが、それも一段落したかのように、今度は生まれ故郷の静岡で、もう一度仕切り直して、あらたな連詩の歴史を刻もうと思われたのでしょう。そのとき、現行のスタイルも決められました。まず参加詩人は五人、三日間の創作で、五行詩と三行詩の交代から成る四十篇の連詩を巻き（歌仙を踏襲するなら三十六篇ですが、五人に平等に割りふれないので、5×8＝40篇となりました）、四日目の公開発表会でそれを披露する。さいわい、大岡さんの幅広い人脈によって、静岡県文化財団と静岡新聞社の共催という強力なバックアップが得られました。最初の数年は、海外からも詩人を呼んだり、テレビカメラが入ったり、かなり大掛かりなイベントとして行われていたようです。もちろん今も、海外詩人こそ予算や翻訳の問題があって呼べませんが、それ以外はほぼスタート時の設定が踏襲され、日本の文学イベントとしてはほかに類例をみないユニークさと規模を誇っています。

N――たしかにそれは言えますね。たとえば世界各地で行われている国際的な詩のフェスティバルも、残念ながら日本にはありません。そういう文化貧国日本にあって、しずおか連詩は一人気を吐いているというか、大岡さんの力が大きかったのでしょうが、これからもがんばってほしいと思います。

K――まあ今後のことはわかりませんけどね。首長次第と言いますか、かつての大阪府知事のような管財人的人物がやってきたら、無駄な文化事業ということで、たちどころに予算をカットされてしまうかもしれません。

N――そんな悪夢は考えたくもないですね。ところで、そういう稀有な文学イベントである「しずおか連詩」にあなたが関わるようになったのは、いつからですか。

K――大岡さんからお誘いをいただいて最初に参加したのは二〇〇六年です。もともと連句や連詩という詩の共同制作には大いに関心があったので、渡りに船でした。

N――詩の共同制作というと、私なんかはシュルレアリスムの詩人たちの作品を思い浮かべますけど。自動記述による最初の作品として記念碑的なブルトンとスーポーの『磁場』とか、狂気の模倣として知られるブルトンとエリュアールの『処女懐胎』とか、ブルトンとエリュアールとルネ・シャールとの共作で、ほとんど連詩に近い『工事中につき徐行』とか、でもそれらは、誰がどこを書いたかは明示されていない場合が多く、つまり無意識こそが真の書き手であるということが強調されていたわけです。「しずおか連詩」とはだいぶ違いますよね。

K――ええ。連詩では誰がどこを書くかは重要ですからね。でも、ぼくが連詩という形式に関心をもつようになったのは、実は海外経由で、一九六〇年代末にオクタビオ・パスやジャック・ルーボーら欧米の著名な詩人たちが試みた『Renga（連歌）』という共同作品の存在を知ってからです。彼らの試みは、個性と独創を重んじる西欧近代的な詩人主体というものに対する根本的な疑義から生じたらしく、詩作にたずさわる者として無視できない側面をもっているように思われました。

そしてぼくの関心を決定的にしたのは、繰り返しますが、ほかならぬ「連歌」の伝統の国の現代詩人大岡信が、パスらのその試みを引き継ぐように、一九八〇年代になって、国際的な舞台でつぎつぎと共同詩を制作したことでした。それは『揺れる鏡の夜明け』および『ファザーネン通りの縄ばしご』として書籍化されていますが、そこには、翻訳の問題や文化の違いを超えて、詩作をともにする悦びの波動が、複数の署名のあいだをまぎれもなくうねっています。

いったいどうしてこんなことが可能になるのか。実は、パスらの試みとは別個に、しかしほぼ同時代的に、大岡さんご自身の、おもに同人誌「櫂」の集まりでの、連詩のパイオニアとしての長い試行の歴史があるんですね。それは『連詩の愉しみ』という著作の中で報告されています。ともあれ、以上のような経緯を知るにつけても、機会があれば自分も手ほどきを受けて、自由闊達な詩の精神をわがものとしてみたい、とまあそんなふうに思っていたところへ、さっきも言ったように、「渡りに船」的に大岡さんご本人からの「しずおか連詩の会」へのオファーがあったというわけです。

「しずおか連詩」の理念と醍醐味

N——どうでしたか、連詩をじっさいに体験してみて。

K——ハマりましたね。連詩の最大の勘所は、いうまでもなく、詩から詩への連続不連続の妙、いわゆる「付け合い」にあります。前の詩の語を露骨に直接受けてみようか、あるいはもっとも高級とされる「匂い付け」に挑戦してみようか、などと考えるだけでも楽しい。

1

「今のうちならまだ何にでもなれる」と
布をすっぽりかぶせられた馬の銅像はほくそ笑む
ふさふさの尻尾を変え、ごつい頭部を

ボストンバッグに化けさせ、蹄鉄は受話器に……
さあ、除幕の瞬間　　　　　　　　　　　　　　アーサー

2
霧の北京から持ち帰ったのは
天安門広場で爪をあげる夢
いましもとんびが窓すれすれにその爪のように　　　喜和夫

「2006しずおか連詩『馬の銅像の巻』」の冒頭二篇です。アーサーはアーサー・ビナードさんのこと。その第1詩にぼくが付けたわけです。他者の詩句を自分の言語感覚とイマジネーションのなかにくぐらせたのち、数行の言葉の小宇宙にしてまた他者に送り出す。そのリレーはなんともスリリングで、しかも調和的で、卯年で天秤座という私の性分にも合っていたのだろうと（笑）。

N——もっと言ってしまえば、他者の詩句に、からっぽの待機状態からすみやかに反応しようとすると、もちろんプレッシャーはかかるけれど、同時に、不思議に自己がひらかれ、自分ひとりでは思いもよらなかったような言葉やイメージが飛び出してくる、ということでしょうか。だとすると、連詩ってすごく魅力的ですね。

K——ええ、一度その快感を味わってしまうと、もういけない、連詩から抜けられなくなるのです。もちろん、悦びの前には苦しみも用意されていました。まず、座というものの独特の雰囲気があって、密室内でのふだんの詩作とはだいぶ勝手がちがう。大岡さんの著作のタイトルを借りていえば、「うたげ」と「孤心」のバランスですね。また、そこでの主人公はあくまで

も進行中の連詩作品であって、その不断の流れをつくり出すためには、後ろをあまり振り返りすぎてはいけないし、かといってひとりよがりな発語に酔っていると、たちまち流れを損ねてしまう。そのへんの個性の出し具合がむずかしいわけです。

N——そういうあなたの熱中ぶりが大岡さんにも伝わったのでしょうか、その年以後も毎年参加することになりましたよね。二〇〇九年からは、体調を崩した大岡さんの代わりに、お大岡さんの指名で捌き手をつとめるようになった。大役を任されたという感じですが、気持ちの上での変化はありましたか。

K——もちろんです。当然のことながら、全体の流れにも目を配るようになりましたね。連歌や連句という集団的詩歌制作の伝統を現代詩の詩型に移して受け継ごうという試みが、すなわち連詩にほかならないわけですが、そこであらためて、原点としての『芭蕉七部集』の「冬の日」や「猿蓑」を読み返したりもしました。そうすると、仏教における輪廻の克服という思想が反映しているのでしょう、「往きて還らぬ」ことが連句の最大の理念になっていることがよくわかるんですね。つまり語やイメージが循環せずにひたすら前へ前へとすすむことが要求される。連詩には連句のような細かな決まりはありませんけど、ひとつだけ、この「往きて還らぬ」精神はベースにしなければならないと思いました。なので、参加メンバーから作品が提出されたときに、すでに出てきたイメージや場面が回帰していないか、捌き手としてそのことに一番気を使いますね。まあ水とか火とかの基本元素、生とか死とか愛とかの人生の基本場面はある程度の繰り返しもやむを得ませんが、あまりにも回帰があからさまな場合はダメ出しをします。

N——逆にいうと、後半になればなるほど、前に出てきた語やイメージは原則もう使えないわけですから、連詩の展開が難しくなるということですね。面白いというか、窮屈というか。いずれにしても、「往きて還らぬ」精神、それは盲点かもしれませんね。しずおか連詩以外でも、詩人たちはいろんなスタイルで連詩を試みているようですが、「往きて還らぬ」精神はそれほど徹底されているとは思えません。あと、五行詩と三行詩の交替から成るというのも「しずおか連詩」独特のスタイルですよね。

K——ええ。「櫂」時代は大岡さんもさまざまなスタイルを試みたようですが、結局、この五行詩と三行詩の交替に落ち着いたようです。これもある意味、連句の継承であって、五七五と七七の交替からなる連句の、現代詩という詩型への反映であると言えます。

N——そして捌き手となってからも十年以上が経ちました。その経験の厚みを通して、現時点で連詩をどう捉えているか、いわば総括をしていただけますか。よく言われることのひとつに、連詩全体の作品としての質や統一性はどうなのか、という疑念があると思いますが、そのあたりへの応対も含めて。

K——その疑念は的はずれというものでしょう。連詩というのはひとつの生命体であり、「往きて還らぬ」その不可逆性と、千変万化にさらされた言葉の運動の非予見性とを最大の特徴としています。あと、即興性を加えてもいいかもしれない。構成的あるいは予定調和的な統一性はハナから問題にしていません。各人はその生命体に部分的にしかかかわれませんが、その部分はいっとき全体にも匹敵した働きをみせます。細胞のたえざる入れ替わりによってこそ生体が維持されてゆくのと、あたかもメカニズムは同じです。それは個人の創作では絶対に経験できないことなんですね。

N——連詩もまた、ひろく集団で書くということのなかにくくられるということなのでしょう。

いや、われわれは、ほんとうはたとえひとりであっても集団として書いているのですが、ふだんはそれが見えない状態で書いているにすぎないのかもしれません。連詩はそうした詩作の本質的な共同性を拡大して見させてくれる実験と鍛錬の場のひとつなのでしょうね。そういえば、連詩とは全く関係のないところからも、「詩は万人によって書かれなければならない」（ロートレアモン）と、響き高い命法が発せられています。

K――実験と鍛錬か。それにしても、捌き手として毎年ちがう連衆を迎えるのは、刺激的で楽しいです。同時に、ぼくの役割としては、大岡信さんが提唱した連詩のコンセプト――「うたげ」と「孤心」の理念――に絶えず立ち還る心持ちも保持していなければならないと思っています。連詩はたんに詩の集団的な制作をさすのではないということ。個と集団との相互的な渉り合いの機微こそ連詩なのだということ。能動と受動の絶えざる変換の場といってもよいでしょう。私は他者に占領され、別様の私となり、そのようなものとして今度は他者に乗り移る。自己とはそもそも複数的であり、複数的であることはまた、より深められた自己にほかならない。「うたげ」のなかに「孤心」があり、「孤心」のなかに「うたげ」があるわけです。

歌仙と連詩――「2020しずおか連詩『天女の雪蹴りの巻』」をめぐって

N――そろそろ、今年の「しずおか連詩」について語っていただきましょうか。

K――そうですね。メンバーの三浦さんと長谷川さんは連句仲間で、もう一人、歌人の岡野弘彦さんとの三人で定期的に歌仙を巻いているらしく、昨年でしたか、「現代歌仙集」ともいうべき『歌仙　一滴の宇宙』と『歌仙　永遠の一瞬』の二冊を刊行しました。実は大岡さんは、実験的な連詩創作の一方で、伝統そのものである連句にも手を染めており、その当初の連衆は、大岡さんのほかに、安東次男と丸谷才一のふたりでしたが、そこからの流れにこの「現代歌仙集」を位置づけることができます。詳しくは『歌仙　一滴の宇宙』に付した三浦さんの「跋」を参照してほしいと思いますが、長谷川櫂さんも、どこかの時点でこの「由緒ある場」である連句の連衆となっていますし、また三浦さんは、この連句の最初の発表媒体となった「ユリイカ現代詩の実験1974」の編集長でした。要するに、「しずおか連詩」と「現代歌仙集」は、いわば大岡信を生みの親とする兄弟同士のような関係にあるんですね。そこで今年は、歌仙の力を連詩にも注いでいただこうと、三浦さんと長谷川さんをお招きしたわけです。

N——なるほど、歌仙と連詩の合流ですか、両者の内なるバトルという面もあるかもしれませんね（笑）。これに、あと二人、現代詩に新しい領野を拓きつつあるマーサ・ナカムラさんと、詩と声との独創的な関係を築いてきた巻上公一さんが加わる。なんとも多彩ですね。どんな展開になったのでしょう。

K——発句にあたる第一詩は、「現代歌仙集」の宗匠長谷川櫂さんに敬意を表して、彼にお願いしました。俳諧連句では賓客つまり座に招かれた側が挨拶句として詠むのがしきたりですが、それを踏襲したわけです。脇句にあたる第二詩は、これも連句に準じて、ホスト側であるぼくが担当しました。

1

小春日和の青空から　三人の天女が
　白い山頂に舞い降りて
　　雪蹴りをして遊んでいる

永劫は一瞬　一瞬は夢　夢は現
新しい命の誕生を祝福しながら
　　　　　　　　　　　　　　　　櫂

美しい裾野　美しいゴール前
頭上のボールを追って　入り乱れる選手たちは
マサイ族の戦士　のようだ
　　　　　　　　　　　　　　　　喜和夫

2

以下、五人によるスリリングな言葉のリレーが繰り広げられましたが、ここではとても紹介しきれないので、長谷川さん以外の連衆の役どころだけ挙げておきますと、作品の時空を広げてくれたのは、ユーラシア的規模で旅の場面を喚起した巻上さんと、神話や民話といった物語の古層を蘇らせたマーサさん。そして三浦さんは、「現代歌仙集」同様、縦横無尽にトリックスターぶりを発揮し、ほかの連衆に活を入れつづけました。

なお、全体の流れとして不思議な現象がいくつか見られたので、それにも言及しておこうと思います。ひとつは、連詩の全体に、テクストの無意識と言ったらいいのでしょうか、ごくひそかにですけど、意味ではなく音の渡りが見られたということですね。ぼくの第7詩の「虻」から、マーサさんの第12詩の「不在」（フランス語でabsence）を経て、長谷川さんの第25詩のabsinthe（苦蓬酒）へと、「アブ」「アプ」の音がリレーされています。もうひとつは、生から死へ、エロスからタナトスへという物語のアラベスクが通奏低音のように全体を貫いたということです。付け合いとはべつの連続性ですね。最後の第39詩と第40詩（挙句）はこうです。

39

あれは何だったのでしょう
私たち　稀であり束の間の
閾のうえで　焼き上がった人の骨を拾い上げ
骨壺に落としたときの　カリッと乾いた音　輝かしい白
彼岸も転生も約束されない　稀であり束の間の

喜和夫

40

動いていないように見えた雲が
じつはゆっくり動いていることに気づいた
地球は回る　風が吹く　いまも

雅士

N――そうか、第39詩は、「彼岸も転生も約束されない」、つまり輪廻の否定という連詩の理念そのもののメタ言語でもあるわけですね（笑）。ここが最後のクライマックスで、第40詩はそれを受けて、おおらかに穏やかに宇宙が寿がれています。まさに挙句のお手本みたいですね。かすかに復活を暗示しつつ、大岡さんへのオマージュもなんとなく感じられるなあ。さすが三浦さんという感じですね。全体としてみると、冒頭を連句の発句と脇句の付け合いに似せ、途中ではたぶん自由詩の自由度が存分に発揮されたのでしょうが、掉尾に至ってまた挙句のように書き収める。歌仙と連詩の邂逅を果したということですね。

K――その通りです。最後に、蛇足ですけど、連詩の効用のひとつに、そこで作った詩のかけらを、のちのち、自分の詩作に利用できるということがあります。すでに述べたように、連詩というのはひとつの「往きて還らぬ」言葉の生命体であり、私はそこに部分的にしかかかわれないのですが、しかしそのつど、連詩はおのれの命運をそっくり私という部分にゆずり渡します。考えてみれば不思議ですが、そうしてまた、私をくぐって、私という個性にぐっしょり濡れて、くだんの生命体の先端がおずおずとあらわれてくる。そのときその先端が思いのほか出来がいいと、独立した詩篇に発展しうる可能性があるということです。じっさい、いま引用した第39詩は自分でもうまくイメージやテーマを掬い出せた感じで、東京に戻ってから、加筆して次のような詩篇に仕立てました。

シンラ第2章第62番（彼岸物語）

まれでありつかのまですね
私たちが地上に出て　こうして意味もなく
強烈な光を浴びている
ということは　翅　アネモネ

あれはいつでしたか
あなたとふたり　父の骨を拾うはめになって
骨の両端を箸でつまみ　慎重に骨壺に
落としていきました

すると最後に　かりっと乾いた音がして

彼岸も転生も約束されない　とても乾いた音がして
まれでありつかのま

ですね　私たちが地上に出て
こうして意味もなく　強烈な光を浴びている
ということは　油脂　ウミウシ

（初出＝「みらいらん」第七号、二〇二一年一月）

参加者一覧

大岡信＊　詩人、批評家。一九三一年静岡県生まれ。二〇一七年没。詩集に『記憶と現在』『春 少女に』『故郷の水へのメッセージ』（現代詩花椿賞）など。評論に『紀貫之』（読売文学賞）『うたげと孤心』など。二〇〇三年文化勲章受章。また、連詩の創始者として「しずおか連詩」を創設、二〇〇八年まで捌き手を務めた。［2005-2009］

岡井隆＊　歌人、詩人、批評家。一九二八年生まれ、二〇二〇年没。戦後の短歌界を牽引した。歌集に『土地よ、痛みを負え』『禁忌と好色』（迢空賞）『岡井隆全歌集』（藤村記念歴程賞）など、詩集に『注解する者』（高見順賞）など。二〇一六年、文化功労者選出。［2005-6］

谷川俊太郎　詩人。一九三一年東京生まれ。一九五二年第一詩集『二十億光年の孤独』を刊行。一九七五年『マザー・グースのうた』で日本翻訳文化賞、一九九三年『世間知ラズ』で第一回萩原朔太郎賞など受賞・著書多数。詩作のほか、絵本、エッセイ、翻訳、作詞など幅広く作品を発表している。［2005, 2017］

井上輝夫＊　詩人、フランス文学者。一九四〇年兵庫県生まれ。二〇一五年没。慶應大学在学中に岡田隆彦、吉増剛造などと詩誌『ドラムカン』創刊。詩集に『旅の薔薇窓』『夢と抒情と』『秋に捧げる十五の盃』『青い水の哀歌』、評論に『詩心をつなぐ 井上輝夫詩論集』など。［2005］

平田俊子　詩人。一九五五年生まれ。詩集に『ターミナル』（晩翠賞）『詩七日』（萩原朔太郎賞）『戯れ言の自由』（紫式部文学賞）など。小説に『二人乗り』（野間文芸新人賞）、戯曲集に『開運ラジオ』、エッセイ集に『スバらしきバス』など。読売新聞「こどもの詩」選者。［2005, 2012］

木坂涼　詩人。一九五八年埼玉県生まれ。詩集『ツッツッと』（現代詩花椿賞）『金色の網』（芸術選奨新人賞）『現代詩文庫150 木坂涼詩集』など。絵本など児童書を多く手掛け、アーサー・ビナードとの共編訳詩集に『ガラガラヘビの味』ほかがある。［2006］

野村喜和夫　詩人。一九五一年埼玉県生まれ。詩集に『特性のない陽のもとに』（歴程新鋭賞）『風の配分』（高見順賞）『ニューインスピレーション』（現代詩花椿賞）『ヌードな日』（藤村記念歴程賞）『薄明のサウダージ』（現代詩人賞）『美しい人生』（大岡信賞）など。大岡信の後を継ぎ、二〇〇九年から「しずおか連詩」の捌き手を務める。［2006-2022］

アーサー・ビナード＊　詩人、エッセイスト。一九六七年アメリカミシガン州出身。詩集『釣り上げては』（中原中也賞）『左右の安全』（山本健吉文学賞）など。エッセイ『日本語ぽこりぽこり』（講談社エッセイ賞）など。［2006］

新井豊美＊　詩人。一九三五年広島県生まれ。二〇一二年没。詩集に『河口まで』（地球賞）『夜のくだもの』（高見順賞）『現代詩文庫114 新井豊美詩集』『草花丘陵』（晩翠賞）など、評論に『苦海浄土の世界』『〈女性詩〉事情』など。［2007］

河津聖恵　一九六一年生。詩集に『アリア、この夜の裸体のために』（H氏賞）『現代詩文庫183 河津聖恵詩集』、詩論集に『闇より黒い光のうたを 十五人の詩獣たち』『「毒虫」詩論序説 声と声なき声のはざまで』。［2007］

田口犬男　一九六七年東京都生まれ。二〇〇一年に『モー将軍』で第三十一回高見順賞受賞。他の詩集に『アルマジロジック』『ハイドンな朝』、英訳詩集に『Haydn Morning』（Vagabond Press）などがある。［2007］

杉本真維子　詩人。一九七三年長野県生まれ。学習院大学文学部哲学科卒。二〇〇二年、第四十回現代詩手帖賞を受賞してデビュー。詩集に『袖口の動物』（H氏賞）『裾花』（高見順賞）『皆神山』（萩原朔太郎賞）、その他の著作に散文集『三日間の石』など。［2008, 2012］

八木忠栄　詩人。一九四一年新潟県生まれ。「現代詩手帖」編集長、銀座セゾン劇場総支配人などを歴任。詩集に『きんにくの唄』『雲の縁側』（現代詩花椿賞）『雪、おんおん』（詩歌文学館賞、現代詩人賞）など、エッセイに『「現代詩手帖」編集長日録』など。［2008］

山田隆昭* 一九四九年生まれ。詩集『風のゆくえ』『鬼』『うしろめた屋』(H氏賞)『座敷牢』『伝令』など。[2008]

天沢退二郎* 詩人。一九三六年生まれ、二〇二三年没。一九六〇年代の詩的ラディカリズムを主導。詩集に『道道』『夜中から朝まで』『〈地獄〉にて』(高見順賞)『欄外紀行』『幽明偶輪歌』(読売文学賞)、評論に『宮沢賢治の彼方へ』など。[2009]

小池昌代 詩と小説に従事。主な著作に、詩集『コルカタ』『赤牛と質量』、小説『たまもの』『かきがら』『くたかけ』。他にエッセイ集や詩のアンソロジー編集も。近年は日本の古典、とりわけ和歌に学び、『ときめき百人一首』。源実朝の「詩」を追いかけて小説を連載中。[2009]

穂村弘* 歌人、批評家、エッセイスト。一九九〇年代の「ニューウェーブ短歌」運動の代表的存在。歌集に『シンジケート』『手紙魔まみ、夏の引越し(ウサギ連れ)』『水中翼船炎上中』(若山牧水賞)など、評論に『短歌の友人』(伊藤整文学賞)など。[2009, 2019]

和合亮一 詩人。詩集『AFTER』(中原中也賞)『詩の礫』(ニュンク・レビュー・ポエトリー賞)『QQQ』(萩原朔太郎賞)など。エッセイ、シナリオの執筆や合唱曲の作詞など多数。[2009]

大岡亜紀 画家・詩人。武蔵野美術大学日本画学科卒業。岩絵の具による抽象画を制作、二〇〇〇年より東京を中心に個展開催。詩画集に『ことほぎのうた』、詩集に『ある時 はじめて』『光のせせらぎ』など。二〇二〇年、上皇后陛下美智子さまに絵画作品を献上。[2010, 2014, 2017]

覚和歌子 作詞家・詩人。早稲田大学卒業。SMAP、クミコ、沢田研二などのポップスから合唱組曲、校歌など作詞提供は数百に上る。二〇〇一年映画『千と千尋の神隠し』主題歌でレコード大賞金賞受賞。映画監督、脚本、舞台演出、朗読、自唱ライブ、翻訳など活動は多岐にわたり、著作多数。二〇一三年より米国ミドルベリー大学で教鞭を執る。[2010, 2012, 2014, 2015, 2017, 2019]

田原 中国河南省出身。主な中国語詩集『夢的標點 田原年代詩選』など。また日本語詩集『夢の蛇』『石の記憶』(H氏賞)『そうして岸が誕生した』など。ほかに英語版、モンゴル版、韓国語版の詩集が出版されている。城西国際大学で教鞭を執る。[2010]

四元康祐* 詩人。詩集に『世界中年会議』(山本健吉文学賞)『噤みの午後』(萩原朔太郎賞)『現代詩文庫179 四元康祐詩集』『日本語の虜囚』(鮎川信夫賞)『単調にぼたぼたと、がさつで粗暴に』『ソングレイン』、小説に『偽詩人の世にも奇妙な栄光』、評論に『谷川俊太郎学 言語vs沈黙』など。[2010, 2017, 2021]

川口晴美 福井県小浜市出身。東京在住。早稲田大学第一文学部文芸専攻卒業。詩集『半島の地図』で第十回山本健吉文学賞、詩集『Tiger is here.』で第四十六回高見順賞、詩集『やがて魔女の森になる』で第三十回萩原朔太郎賞をそれぞれ受賞。[2011]

城戸朱理 一九五九年岩手県盛岡市生まれ。詩集に『現代詩文庫140 城戸朱理詩集』『幻の母』『世界-海』など。詩論に『潜在性の海へ』『戦後詩を滅ぼすために』など。アメリカで刊行された英訳選詩集『NAMES AND RIVERS』は、「ワシントンポスト」紙で「2022年の全米詩集ベスト5」に選出された。[2011]

管啓次郎 明治大学理工学部教授(批評理論研究室)、理工学研究科「場所、芸術、意識」プログラムを担当。『一週間、その他の小さな旅』『Agend'ars』など九冊の詩集を発表している。文学・環境学会元代表。文学と人類学、地理学、生態学などの複合領域を研究。[2011]

三角みづ紀* 詩人。一九八一年鹿児島県生まれ。二〇〇四年、第四十二回現代詩手帖賞受賞でデビュー。詩集に『オウバアキル』(中原中也賞)『カナシヤル』(歴程新鋭賞、南日本文学賞)『現代詩文庫206 三角みづ紀詩集』『隣人のいない部屋』(萩原朔太郎賞)など。[2011, 2013, 2015]

ジェフリー・アングルス* 詩人、翻訳家。一九七一年米国オハイオ州生まれ。日本語による最初の詩集『わたしの日付変更線』で読売文学賞を受賞。また、折口信夫『死者の書』英訳により、スカグリオネ文学翻訳賞と三好翻訳賞を同時受賞。新井高子、伊藤比呂美、多田智満子、

高橋睦郎などの訳詩集がある。［2012］

石田瑞穂＊　詩人。一九七三年埼玉県生まれ。一九九九年に第三十七回現代詩手帖賞受賞でデビュー。詩集に『片鱗篇』『まどろみの島』（H氏賞）『耳の笹舟』（藤村記念歴程賞）『Asian Dream』『長篇詩　流雪孤詩』など。国際ポエトリーサイト「Crossing Lines」プランナー。［2013］

福間健二＊　詩人、映画評論家、映画監督。一九四九年生まれ。二〇二三年没。詩集に『最後の授業／カントリーライフ』『急にたどりついてしまう』『現代詩文庫156　福間健二詩集』『青い家』（萩原朔太郎賞、藤村記念歴程賞）など、映画監督作品に『岡山の娘』『パラダイス・ロスト』など。［2013］

文月悠光＊　詩人。一九九一年北海道生まれ。過去最年少で現代詩手帖賞を受賞。詩集に『適切な世界の適切ならざる私』（中原中也賞、丸山豊記念現代詩賞）『屋根よりも深々と』『わたしたちの猫』『パラレルワールドのようなもの』、エッセイ集『洗礼ダイアリー』など。［2013, 2018］

木下弦二　ロックバンド、東京ローカル・ホンクのうたとギター、全ての楽曲の作詞・作曲を当。東京ローカル・ホンクは元のバンド名『うずまき』を含め現在までに五枚のアルバムを発表。木下弦二名義でもソロアルバム二枚を発表している。［2014］

東直子　歌人、作家。一九九六年第七回歌壇賞、二〇一六年『いとの森の家』で第三十一回坪田譲治文学賞受賞。歌集『青卵』、小説『とりつくしま』、歌書『短歌の時間』『現代短歌版百人一首』、書評&エッセー集『レモン石鹸泡立てる』など。最新刊は短編集『ひとっこひとり』。［2014, 2021］

岡本啓　一九八三年生まれ。二十代後半になって詩にふれ、詩を書きはじめる。アメリカ、ワシントンDC滞在時の詩をまとめた第一詩集『グラフィティ』で二〇一五年の中原中也賞とH氏賞を受賞。二〇一七年、旅についての第二詩集『絶景ノート』で萩原朔太郎賞受賞。［2015, 2019］

町田康＊　小説家。一九六二年大阪府生まれ。詩集に『供花』（町田町蔵名義）『土間の四十八滝』（萩原朔太郎賞）、小説に『くっすん大黒』（ドゥマゴ文学賞）『夫婦茶碗』『きれぎれ』（芥川賞）『告白』（谷崎潤一郎賞）『宿屋めぐり』（野間文芸賞）など。［2015］

暁方ミセイ　一九八八年神奈川県生まれ。『ウイルスちゃん』で第十七回中原中也賞、『魔法の丘』で第九回鮎川信夫賞、『紫雲天気、嗅ぎ回る岩手歩行詩篇』で第二十九回宮沢賢治奨励賞受賞。近著に『青草と光線』。［2016, 2022］

高貝弘也　詩集に『中二階』『深沼』『敷き藺』『薄林飛巻子抄』『漂子』『言靈』『生の谺』（歴程新鋭賞）『再生する光』（現代詩花椿賞）『現代詩文庫167　高貝弘也詩集』『半世紀』（地球賞）『縁の実の歌』『子葉声韻』（高見順賞、山本健吉文学賞）『露光』（藤村記念歴程賞）『露地の花』『白緑』『紙背の子』、散文集に『白秋』など。［2016］

髙柳克弘　俳人。一九八〇年静岡県浜松市生まれ。俳句結社「鷹」編集長。読売新聞朝刊「KODOMO俳句」「中日俳壇」選者。早稲田大学講師。句集に『未踏』（田中裕明賞）『寒林』『涼しき無』（俳人協会新人賞）。評論集に『凛然たる青春』（俳人協会評論新人賞）『究極の俳句』。児童小説に『そらのことばが降ってくる』（小学館児童出版文化賞）。［2016, 2021］

カニエ・ナハ＊　詩人。一九八〇年神奈川県生まれ。二〇一〇年、「ユリイカの新人」でデビュー。詩集に『オーケストラ・リハーサル』『用意された食卓』（エルスール財団新人賞、中原中也賞）など。芸術諸ジャンルとのコラボレーションにも力を入れる。［2018］

小島ケイタニーラブ　音楽家。一九八〇年静岡県生まれ。二〇一一年から古川日出男、管啓次郎、柴田元幸と朗読劇「銀河鉄道の夜」に参加、NHKみんなのうたへの楽曲「毛布の日」の提供や、著書『こちら、苦手レスキューQQQ』、共編訳『中国・アメリカ　謎SF』がある。［2018］

古川日出男　作家。一九六六年福島県生まれ。掌篇から巨篇までさまざまなタイプの小説を書き続けながら戯曲や評論、ノンフィクション作品も発表。また朗読を軸に他分野の表現者とコラボレーションを行なうなど執筆にとどまらない縦横無尽な文学表現に取り組む。二〇二二年初の長篇詩『天音』を刊行。[2018]

中本道代　一九四九年広島県生まれ。詩集に『春の空き家』『四月の第一日曜日』『春分 vernal equinox』『黄道と蛹』『花と死王』（第十八回丸山豊記念現代詩賞）『接吻』（第二十六回萩原朔太郎賞）、エッセイ集に『空き家の夢』がある。第二回現代詩ラ・メール新人賞受賞。[2019]

長谷川櫂＊　俳人。一九五四年熊本県生まれ。句集に『古志』『天球』『虚空』（読売文学賞）など、評論に『俳句の宇宙』（サントリー学芸賞）『古池に蛙は飛びこんだか』など。「歌仙の会」を三浦雅士とともに引き継ぐ。朝日俳壇選者。[2020]

三浦雅士＊　文芸評論家。一九四六年青森県生まれ。「ユリイカ」「現代思想」の編集長を経る。評論に『メランコリーの水脈』（サントリー学芸賞）『小説という植民地』（藤村記念歴程賞）『身体の零度』（読売文学賞）『青春の終焉』（伊藤整文学賞）など。[2020]

マーサ・ナカムラ　詩人。一九九〇年生まれ。埼玉県出身。二〇一六年に第五十四回現代詩手帖賞受賞。二〇一八年に第一詩集『狸の匣』で第二十三回中原中也賞を受賞、二〇二〇年に第二詩集『雨をよぶ灯台』で第二十八回萩原朔太郎賞を史上最年少にて受賞。二〇二一年に第八回早稲田大学坪内逍遙大賞奨励賞を受賞。[2020]

巻上公一　音楽家、詩人、プロデューサー。ヒカシューのリーダー。声の音響やテルミン、口琴を使ったソロワークやコラボレーションを精力的に行っている。詩集『至高の妄想』で第一回大岡信賞を受賞。最新詩集『濃厚な虹を跨ぐ』、最新アルバムにヒカシュー『雲をあやつる』。[2020]

水沢なお　詩人。静岡県生まれ。二〇一六年第五十四回現代詩手帖賞、二〇二〇年第一詩集『美しいからだよ』で第二十五回中原中也賞受賞。詩集『シー』、小説集『うみみたい』がある。[2021]

木下龍也＊　歌人。一九八八年山口県生まれ。歌集に『つむじ風、ここにあります』『あなたのための短歌集』『オールアラウンドユー』、岡野大嗣、舞城王太郎との共著に『玄関の覗き穴から差してくる光のように生まれたはずだ』など。[2022]

田中庸介＊　詩人、細胞生物学者。一九六九年東京都生まれ。一九八九年「ユリイカの新人」としてデビュー。詩誌『妃』主宰。詩集に『山が見える日に、』『スウィートな群青の夢』『モン・サン・ミシェルに行きたいな』、『ぴんくの砂袋』（詩歌文学館賞）など。[2022]

堀江敏幸＊　小説家、フランス文学者。一九六四年岐阜県生まれ。エッセイ『郊外へ』『おぱらばん』（三島由紀夫賞）でデビュー。小説に『熊の敷石』（芥川賞）『雪沼とその周辺』（谷崎潤一郎賞）『河岸忘日抄』（読売文学賞）『その姿の消し方』（野間文芸賞）など。[2022]

人名の＊は編者による略歴であることを示す。

しずおか連詩の会
主催　公益財団法人静岡県文化財団、静岡県
共催　静岡新聞社、静岡放送

しずおか連詩　言葉の収穫祭

二〇二三年十二月十日　第一刷発行

編　者　野村喜和夫
発行者　小柳学
発行所　株式会社 左右社
〒一五一-〇〇五一　東京都渋谷区千駄ヶ谷三-五五-一二　ヴィラパルテノンB1
TEL 〇三-五七八六-六〇三〇　FAX 〇三-五七八六-六〇三二
https://www.sayusha.com
装　幀　松田行正＋杉本聖士
印　刷　創栄図書印刷株式会社

Printed in Japan. ISBN978-4-86528-391-4